魔幻偵探所

44

奇怪的聲音

關景峰 著

新雅文化事業有限公司
www.sunya.com.hk

魔幻偵探所

人物介紹

南森

身分：魔幻偵探所創辦人、領頭羊

年齡：120歲

畢業學校：斯塔福德學院（伏魔系）

學位：博士

捉妖經驗：108年，獲得「捉妖能手」、「怪獸剋星」等稱號

性格：遇事鎮定、善於思考，生氣時聽到幾句好話氣就消了

最具殺傷力的武器：
顯形粉、捆妖繩、無影鋼鐵牆

海倫

身分：魔幻偵探所成員，南森的得力助手

年齡：13歲

畢業學校：劍橋大學（法術系）

學位：學士

捉妖經驗：1 年

性格：開朗、逢事觀察細緻，吵架時總讓着本傑明

最具殺傷力的武器：捆妖繩、凝固氣流彈

本傑明

身分：魔幻偵探所實習生

年齡：11 歲

就讀學校：牛津大學（捉妖系）

捉妖經驗：3 個月

性格：聰明淘氣、遇事毛躁

最厲害的戰術：非常規戰術

派恩

身分：魔幻偵探所實習生

年齡：10歲

就讀學校：倫敦大學魔法學院
（反幽靈技術系）

捉妖經驗：1個月

性格：聰明活潑，非常好勝，有時候喜歡誇誇其談

保羅

身分：魔幻偵探所機械狗

年齡：100 歲

工作能力：無所不知的電腦資料庫，善於用百分比分析事物

性格：異想天開、調皮、懶惰

最喜歡的食物：潤滑油

最具殺傷力的武器：追妖導彈

特級裝備

捆妖繩

能夠對準魔怪迅速旋轉收縮，將它捆緊綁實，繩子一旦落到魔怪身上，就像嵌入肉裏，魔怪越掙脫綁得越緊，當然放繩子時可要放得準才行。

無影鋼鐵牆

這堵牆其實就是氣流，它把氣流變成了無影無形的鋼鐵牆壁，能將敵人困在其中，衝不出去。

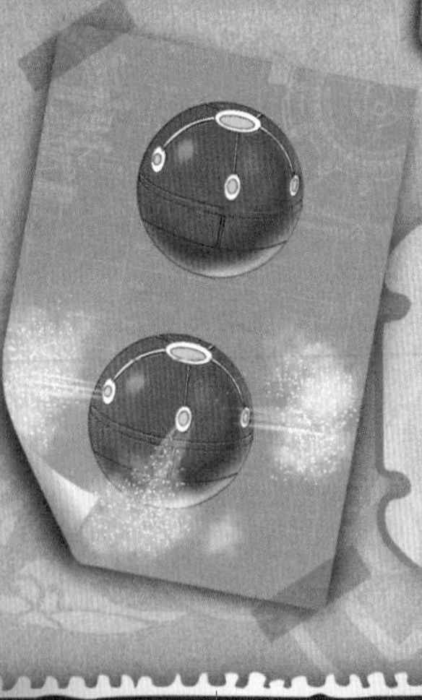

顯形粉

這是一種非常神奇的粉末，即使魔怪偽裝、隱形了也完全能顯現出它的原形。對了，「顯形」就是「現出原形」的意思！

裝魔瓶

能把魔怪收進裏面，使其在三天內化成清水的神奇瓶子。即使魔怪身形再龐大，也能收進瓶內。

幽靈雷達

能夠準確測定氣流存在的方位，並及時發出警報的裝置。它能跟蹤、測定魔怪在哪裏。不過，如果魔怪的魔力非常強，幽靈雷達有時候也可能測不到，它的更強大的功能還有待你去改進！

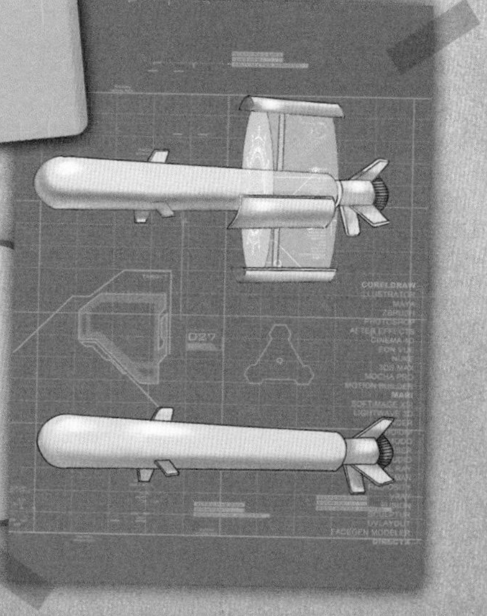

追妖導彈

能夠自動尋找魔怪，進行智能追蹤的導彈，這種導彈威力比較大，一般魔怪根本抵抗不了。

魔幻偵探開始行動！

目錄

第一章　威脅　8
第二章　康拉德的家　19
第三章　威脅聲再現　30
第四章　派恩想拆房子　38
第五章　燃燒的顯形粉　47
第六章　小小的一家人　58
第七章　珍貴的寶石　70
第八章　貪吃的小孩　79
第九章　塞西爾又來了　88
第十章　堵住退路　98
第十一章　傷疤　115
第十二章　倒扣的勺子　123
尾聲　135
推理時間　140

第一章　威脅

「這次的考題，的確難了一點，我的目的是看一下你們對書本課程以外知識的了解。」南森説着把三張考卷依次放在三個小助手的面前，此時的魔幻偵探所裏被布置成一個小小的考場，一張桌子在最前面，海倫坐在桌子後，另外兩張桌子並排在海倫後面，本傑明和派恩一左一右坐在桌子後，保羅圍着桌子轉圈，「我平時就要你們多看看科學、歷史方面的書，這樣有益於增加你們的綜合知識。」

三個人拿過考卷，看着上面的題目，本傑明和派恩同時皺起了眉，海倫則看着題目，思考着什麼。

「一共兩道題，時間是三十分鐘。」南森説着走向自己的辦公桌，「簡單論述即可，我就是要考察一下你們讀書的成果。」

「『十九世紀英國文學家及其作品的共同特點』。」派恩唸着題目，同時用筆痛苦地敲着自己的腦袋，「這、這……該怎麼答呀……」

「十九世紀英國文學家……的共同特點……」本傑明也是一臉痛苦，他咬着筆，「共同特點……他們全都不在人世了？好像不能這樣答……」

「第二道題……」派恩看到第一道題目答不出來，去看第二道題，「啊，『任選威塞克斯王朝中一位國王，講述他的歷史』……我一點也不了解這個王朝，這可怎麼答呀……」

「噓——噓——」海倫轉過頭來，不高興地說，「就聽你們兩個說話了，現在是考試。」

說着，海倫轉回去，繼續低頭答題，派恩對着她吐吐舌頭，隨後看看本傑明，本傑明趴在書桌上，一副無精打采的樣子，很明顯，他也答不出第二個問題。

南森坐在辦公桌後，查看着電腦。這邊，派恩和本傑明都愁眉苦臉、坐立不寧的樣子。

「喂，老保羅，給點提示。」派恩看着腳邊的保羅，小聲地說。

「啪——」的一聲，保羅的手爪打在派恩的腳上。

「好好答題，我現在是監考官。」保羅晃着腦袋說，「竟敢問監考官答案，真是太膽大了。」

派恩無奈，又對着保羅吐吐舌頭，隨後趴在桌子上，他看看身邊的本傑明，本傑明用筆漫無目的地敲着自己的頭，反正他沒在寫考卷。

派恩又伸頭看了看前面的海倫，海倫飛快地寫着答案，派恩想站起來看海倫的答案，不過保羅很快就走到他的身邊，還乾咳了一聲，派恩連忙坐下。

時間一點點地過去，南森忽然向這邊看了看。

「還差兩分鐘，時間就要到了。」

海倫又寫了幾個字，隨後把筆放下，一臉欣喜地看着自己的考卷，考卷上的字密密麻麻的，海倫的表情透露出小小的得意。

「喂——本傑明，你什麼都沒寫，交白卷？」派恩轉頭看着本傑明，「要得零分的。」

「嗯。」本傑明無助地點點頭。

「我也是。」派恩説，忽然，他想起了什麼，「啊，這可不行，博士會不會説我們倆作弊呀？一模一樣都是零分。」

「哎——」本傑明苦笑着看着派恩，「你想什麼呢？」

「時間到了——」保羅在一邊高聲説，「好了，結束了，不要再寫了……噢，你們什麼都沒寫。」

南森走過來，先是收起了海倫的考卷，低頭看了看，很是滿意地點點頭，隨後拿起本傑明和派恩的考卷，這是兩張白卷，上面一個字都沒有。

「本傑明呀，派恩呀。」南森皺着眉，一副苦惱的表情，「你們把花在看漫畫和玩遊戲的時間抽一部分看書……」

「博士，我看書的，按照你的課程安排，我都學了，上次我考了95分呢。」本傑明連忙說。

「那是課內成績，這次是課外成績。」南森擺了擺手，「要多讀書呀。」

「看海倫的考卷，全都寫滿了。」保羅扒着課桌，伸頭看着海倫的考卷。

「海倫這個……」南森低頭仔細地看着海倫的考卷，「不錯，我要仔細去看看，我是從不擔心海倫的課業，課內課外都一樣好。」

海倫很是得意地靠着椅背。本傑明和派恩都很是不屑地看着海倫。南森擺擺手，告訴大家考試結束，自由活動，自己去看海倫的考卷了。海倫把桌椅都歸位，本傑明和派恩則都向各自房間跑去。

「本傑明——派恩——」海倫將一把椅子放到自己的

桌子後，叫了起來，「又跑進去玩遊戲了？」

「管家婆，我是去看看十九世紀有哪些文學家——」本傑明的聲音從裏面傳出來，「有沒有一個叫海倫的文學家寫了一本《管家婆》的世界名著——」

「哈哈哈——」派恩聽到這句話，大笑的聲音隨即傳出來。

「這兩個傢伙。」海倫搖搖頭，看了看保羅，「就知道玩。」

「叮咚——叮咚——」大門口那裏，傳來門鈴聲。海倫連忙向門口跑去，保羅跟在她的身後。

門打開了，海倫看到一個男子有些局促地站在門口，看到海倫開門，男子一直緊皺的眉頭勉強舒展開，對海倫笑了笑。

「海倫小姐，你好。」男子很有禮貌地說，他大概三十多歲，金色頭髮，個子很高，戴着眼鏡，顯得文質彬彬的。

「你好。」海倫點點頭，「你是——」

「我叫康拉德，我住在南郊的賴蓋特。」叫康拉德的男子又恢復了緊張的狀態，「我想找南森先生談一談，我遇到了一些麻煩……」

「請進來，博士在家。」海倫連忙讓康拉德進來，隨後看着裏面，「博士，有位康拉德先生拜訪——」

「有關魔怪的事吧？」保羅跟在康拉德的身邊，「放輕鬆，放輕鬆，博士能解決一切問題。」

「好，好。」康拉德看着保羅，連連點頭，聽到保羅這話，他似乎真的輕鬆一些了。

南森走過來，康拉德先生連忙和他握手。南森讓康拉德坐下，會説話的茶几連忙送出一杯咖啡，康拉德接過來，有些好奇地看着四周，他的神態確實不那麼緊張了。

「……那麼，康拉德先生，説説你的情況吧……」南森説着看到了從房間裏走出來的本傑明和派恩，「噢，這是我另外的兩個助手，本傑明和派恩。」

「知道，媒體上看到過，你們非常有名。」康拉德先是和本傑明、派恩打個招呼，隨後又看着南森，「所以我來找你們了，我遇到了一件很奇怪的事，其實發生在我的家裏，我的家在賴蓋特，我在倫敦的一家公司上班。這一周來，我和我的家人不止一次聽到了家裏傳來奇怪的聲音，確切説是有人在我家裏説話，但是我們找遍了房間，沒有看到有誰在我家。」

「有人在你家裏説話，你卻找不到人？」南森有些驚異了，「仔細找過？排除惡作劇了嗎？」

「仔細找過，甚至都報警了。」康拉德説着舒展了一下衣擺，他又緊張起來，「如果有人惡作劇，看到警察來了，也會終止這種行為了，但是昨天我又聽到一次，這顯然不是惡作劇，關鍵是我家裏門窗都是關閉的，沒人能進來説兩句話又走掉。」

「説的是什麼話？」南森略急切地問。

「『殺了你全家』、『會讓你們不得安寧』，就是這類威脅的話。」康拉德看着南森，「總之，很恐怖。」

「你有沒有得罪過誰？仇恨很大的那種。」南森又問，「請實話實説，你知道你是在和一個偵探説話，沒必要隱瞞什麼，你説出實情，我們才有幫助你的基礎。」

「真的沒有，確實沒有。」康拉德斬釘截鐵地説，「我的職業是一名精算師，是每天和數字打交道的那種人，每天都是算來算去的，我倒是希望多和人接觸呢，可是連這個機會都沒有，這也就讓我的生活變得極其簡單，接觸的只有上司和家人，還有少數幾個朋友，他們對我都非常好，都有着很好的職業，受人尊敬，無論如何説不出『殺了你全家』那種話，關鍵是我們的關係都很好，所以我實在想不出哪裏得罪人了。」

「家裏的人也都聽到過那個聲音嗎？」南森意識到了問題有些嚴重，語氣也變得深沉起來，「老實説我在排除是你自己幻聽的因素。」

「我家有四口人，我和我太太，還有兩個孩子，一個五歲，一個兩歲。」康拉德飛快地説，「我聽到過，我太太聽到過，五歲的孩子聽到過，兩歲的雖然太小，但是問她，也説聽到過，所以我們一家四口都聽到過。」

「那麼就不是幻聽。」南森説着走到桌子邊，從桌上拿起紙筆來，「聽到這種奇怪聲音的具體時間，越詳細越好。」

「基本上都是晚上，一共三次。」康拉德説，「上周一開始，上周一晚上，大概八點半多，我家是獨棟建築，晚上我們都在二樓，當時我們在看電視，樓下傳來威脅聲，我們一家全都聽到了，當時我們想的也是惡作劇，我和太太隨即下樓，但是沒看到什麼。第二次是上周四，也是晚上，大概九點多，我們還是在二樓，又聽到了威脅聲，查看發現沒人，直接報警了，警察也沒發現什麼。還有就是昨天，也就是本周一晚上，不到十一點，我們還是在二樓，都已經休息了，突然聽到樓下傳來這個聲音，還是那些威脅的話，我早就準備好了棒球棍，我太太也拿着一根，我們下到樓下，什麼都沒有發現，但是我們實在不敢住在家裏了，連夜去了我太太的父母家，他們家就在倫敦，所以我是從倫敦趕過來向你們求助的……我感覺，這不是惡作劇，更不是幻聽，這是……魔怪事件，我覺得不是我多想。」

「理解，非常理解。」南森在紙上寫着什麼，隨後抬起頭看看康拉德，「誰遇到這種事，都會這樣聯想的。」

「謝謝南森先生。」康拉德用力地點着頭，「所以請幫幫我，那所房子一定藏着什麼魔怪，你們去看一看，把它抓出來……」

「會去的。」南森站起來，説道。康拉德聽到這句話，兩眼放光，也激動地站了起來，他還沒開口，南森忽然看着幾個小助手，「我們可以預設房間裏真的住着一個魔怪，可是幾次威脅之後，也不見動作，僅僅是用聲音恐嚇，這也是很奇怪的，這不符合魔怪處事的特點，它們很少為了嚇唬而嚇唬。」

「我想可能是要把康拉德先生一家都給嚇走。」海倫在一邊分析説，「魔怪好獨佔那所房子。可是這也很奇怪，這樣魔怪不就暴露了嗎？」

「而且魔鬼也很少住人類的房子裏。」南森看了看康拉德，「那個聲音有沒有威脅讓你搬走什麼的？」

「這個倒是沒有，只是說要『殺了你全家』這種話。」康拉德說。

「你最近有沒有什麼可能和魔怪接觸但渾然不覺的情況，比如說去過墓地，或者溪谷、山洞這樣的地方？」南森問。

「沒有，上班加班還來不及呢，每天都是上下班。」

「那你住的房子，以前有過什麼奇怪的事發生嗎？或者房子周圍。」

「也沒有，這點我很清楚。」

「你住南邊的賴蓋特對吧？」南森又問。

「是的。」康拉德連連點頭。

「你來領路吧，我們先拿一些設備。」南森說着看看小助手，「幽靈雷達都拿上，老伙計，追妖導彈裝載四枚。」

第二章　康拉德的家

大家立即行動起來，康拉德則坐在一邊，緊張又興奮地等待着，他不停地搓着手，他遇到的這個棘手的大麻煩看上去就要解決了，但是南森剛才的話也令他困惑不解，在他的認知內，魔怪都是兇殘的，真要是威脅他全家人生命，似乎不會一次次地跑到一樓對着上面喊話，畢竟那是魔怪，所以康拉德也緊張，萬一這不是魔怪所為，那到底是怎麼回事呢？

「老兄，你別緊張。」會說話的茶几突然安慰沙發上的康拉德，「博士會解決一切的。」

「啊——」康拉德小聲叫了一下，轉頭看看茶几，「謝謝你，不過你這麼突然說話，聲音像是空氣中傳來，我以為是我家的那個聲音。」

「噢，抱歉。」茶几說，「那我還是不說話，總之，請你放寬心。」

「謝謝，謝謝。」康拉德若有所思地點點頭。

五分鐘後，他們坐上了南森的車，一起向倫敦南郊的賴蓋特開去。不到一小時，他們就開到了賴蓋特一條小街，到康拉德的家門口了。這是一條幽靜的道路，道路的兩邊，整齊地坐落着一幢幢的獨立屋，都是兩層建築，掩映在翠綠的樹木之中。

「到家了，哎，進去後不知道是不是已經被魔怪給佔領了。」康拉德歎着氣說，他沒有急着推門，而是用憂鬱的目光看着自己的家。

「放心吧，裏面沒有魔怪，這麼近的距離，要是有魔怪，早就被我發現了。」保羅説着，跟在推開車門的海倫身後，跳下了車。

康拉德的家看上去略有些老舊，牆體等顏色都發暗，很明顯，這是一座老屋了，不過外觀上被打理得很好，很是整潔。屋前的院子裏，還有一個木馬玩具，康拉德説過他有一個兩歲的孩子，顯然這是孩子的玩具，沒有收回家裏。

南森在屋前看了看，隨後示意康拉德開門。康拉德用鑰匙打開門，海倫已經用幽靈雷達四處探測了，她和保羅都沒有發出魔怪存在的警示，大家也都沒那麼緊張。

魔法偵探們進到屋裏，僅僅離開了一個晚上，這裏顯然也不會有什麼變化。康拉德進去後，就開始介紹房間的情況。海倫和本傑明快速上到二樓，用幽靈雷達探測了一下，沒有絲毫的魔怪反應。

「那個聲音具體説是從哪裏傳出來的？」南森很是關心這一點。

「就是這個房間。」康拉德説，他比劃着，指着整個房間，「因為我們下來的時候，聲音就沒有了，只有昨天，我下來後，聽到『我會再來』這樣的聲音，大概是這個聲音，聽不太清楚，這個聲音具體從……」康拉德指了指四周，隨後聳聳肩，「就是這個房間裏傳出來的，也許是牆壁？還是櫃子？或者是花盆哪裏？」

「哎，説了等於沒説。」派恩在一邊歎了口氣。

「大家過來。」南森對幾個小助手招招手，小助手們立即都走過來，「海倫去二樓，本傑明和派恩，你們用幽靈雷達仔細搜索房間，牆壁要貼着探測，還有地板，全部掃描，櫃子裏也不要放過，老伙計，你把樓上樓下全部掃描一遍。」

小助手們答應一聲，立即展開了行動。

「你們家沒有地下室吧？」南森走近康拉德，問道。

「沒有。」康拉德搖了搖頭，「大門旁邊是車庫，有一輛車，不過我很少開車出門，我搭巴士上班，我們這裏的巴士很多，也有地鐵……我太太不上班，她就在家帶兩個孩子。」

「那麼除了你説的那三個晚上，孩子們有沒有和你們説過他們在其他時段聽到過什麼？」南森進一步問，「你知道，很多時候孩子們四處玩耍，他們可能不經意能發現什麼。」

「那倒沒有，也許是太小了，只顧着玩，他們最大的一個才五歲。」康拉德説道。

南森點點頭。此時，小助手們對房間的探測正在進行，房間裏有兩道光束掃來掃去，這是保羅在探測，本傑明和派恩用幽靈雷達對着房間的角落仔細搜查，他們打開兩個櫃子，甚至連房間的櫥櫃、抽屜都一一拉出來探測。派恩説魔怪是可以變身隱藏在櫃子裏的，他總是覺得魔怪就藏身在康拉德家的某件家具裏，晚上就竄出來嚇人，試圖嚇走康拉德先生一家，至於最終目的，他暫時還無法解釋。

不僅僅是一樓，海倫在二樓也進行了仔細的搜索，但一無所獲。隨後，保羅也跑到二樓，對每個房間都進行了探測，同樣沒發現什麼。

小助手們都來到南森身邊，表示沒有發現。南森在樓

到底奇怪的聲音是從哪裏發出的？

上樓下走了兩遍，各個房間都很正常，就是一般人家生活的布置。

「這件事……」南森下到樓下，看着大家，「現在看來沒什麼發現，而一般魔怪出沒的地方，難免都會留下一些痕跡……」

「你是說沒發現什麼，可能是我們一家都有幻覺幻聽嗎？」康拉德有些着急了，他怕南森他們就這樣走了，「不是的，我們確實聽到了那些聲音，我們都很正常。」

「不是這個意思。」南森擺了擺手，「這件事或許有一些蹊蹺的地方，只是我們沒有發現……你確定那些聲音完全來自這個房間？不是屋子外面？」

「就是這個房間，我們聽得很清楚。」康拉德連忙說，「而且本身我也沒得罪什麼人，不可能有人在外面說那些威脅人的話。」

「我明白，我明白。」南森點點頭，說着他把門打開，向外面看了看，隨後把門關上，「這樣，我們先離開，你待在家裏，你的家人就先不要回來了。放心，如果真有魔怪害你，根本就不會進行數次威脅的，一次都不會有，它們會直接下手的，所以你在家裏應該是安全的。我們會留下一部幽靈雷達，還會在這個房間和大門口各安裝一部微型攝影機，你也要隨時和我們保持聯絡，我確認你不會有任何實際危險的，過幾天，我們看看最終會有什麼結果。」

「我倒不是很害怕，特別是有了你的保證，但是我真的很緊張……」康拉德有些手足無措地說。

「真有魔怪，接近這個房間四百米時幽靈雷達就能收到警報，你身上帶一個接收器，聽到警報馬上離開這個房子。」南森把海倫的幽靈雷達拿過來，展示給康拉德看，「同時我們會在第一時間也收到警報，很快就能趕過來，所以你不用害怕，也不要緊張。」

「放置攝影機幹什麼？」派恩忽然問，「魔怪是不能呈現影像的，攝影機拍不到魔怪的影像。」

「預防人類所為。」南森説，「如果有人在這個房間裏或是屋外惡作劇，或是有其他目的，攝影機就能拍下來。」

「噢，這樣無論是魔怪或是人類所為，都能知道了。」派恩信服地點着頭。

「放心，還是那句話，你不會有什麼實際的危險。」南森轉身，拍了怕康拉德的肩膀。

「我知道。」康拉德很是無奈地皺着眉，「哎，怎麼會出現這樣的問題……啊，你們的……這個雷達靈敏吧？不會失靈吧……」

海倫耐心地解釋了幽靈雷達的原理，隨後，她和本傑明把幽靈雷達隱蔽地安放在一個櫥櫃下，給了康拉德一個接收器，並進行了測試。有了這套裝置，康拉德的情緒平靜了很多。

派恩出了門，買了兩台微型攝影機，也被隱蔽地安裝在一樓房間和大門口。按照南森的叮囑，派恩買來的攝影機具備同步錄音功能，而不僅僅有攝影功能。

南森讓康拉德就像平時那樣生活，晚上的時候，他們會和康拉德保持密切聯繫。他們離開康拉德家的時候，已經是下午了。

路上，大家還是議論這件事，一家人都出現幻聽的可能性不高，但是又確確實實地發生了房間裏傳出莫名其妙的聲音。海倫和本傑明也傾向於是惡作劇，或是有人有其他目的，因為他們完全沒有搜索出一點魔怪痕跡，如果真有魔怪，幾次出現在一樓，總是會留下些什麼痕跡的。

「安全不會有問題，這是最關鍵的。」南森邊開車邊說，「魔怪害人，哪裏會幾次發出威脅而一點動作也沒有呀。」

回到偵探所，南森還是打開了電腦，先是通過魔法師聯合會的內部網站搜索賴蓋特地區近年來有沒有魔怪事件或疑似魔怪出沒，得到的回饋是這個地區多年來一直風平浪靜。南森又搜索了有關異常聲響的事件，也沒有類似康拉德一家遇到的情況。

「如果有人採用什麼特別手段嚇唬康拉德一家，隱蔽攝影機能拍下來的。」南森離開了電腦，看着幾個小助手，「海倫，晚上還是要多和康拉德先生保持聯繫。」

這個夜晚，什麼都沒有發生。晚上七點開始，海倫幾乎每隔半個小時，就向康拉德發送一次訊息詢問，康拉德的回覆都是平安無事，他一直在看電視。十一點鐘休息的時候，他還特別發來訊息，詢問是否可以去休息，海倫叫他就按照平時的起居情況，康拉德休息了，直到第二天早上，他正常去上班，也向海倫報告了。

事情並沒有一個最終的、明確的答案，所以康拉德的家人還是住在外面，晚上下班後，康拉德也是獨自在家的。白天，海倫和他通了一個電話，康拉德的緊張情緒平復了很多。晚上七點後，海倫繼續不斷詢問康拉德，得到的答覆都是很好。十點半，海倫還沒有發送詢問訊息，電話響了，是康拉德打來的。

「今天忙了一天，有點累了，所以我要休息了。」康拉德説道，「還有什麼要安排的嗎？」

「你放心休息。」海倫説，「我們這邊的設備可以遠端監控，你可以保持和平時一樣的起居。」

「好的，那麼，晚安了。」康拉德説。

「晚安。」海倫説着掛了電話。

「沒有什麼事，我也要去休息了。」派恩一直坐在沙發旁看電視，他站了起來，「這一天好像沒幹什麼，怎麼也這麼累呀？」

「要休息就好好休息，不許在房間裏玩遊戲，還玩到那麼晚。」海倫用教訓的口吻説。

「不會超過早上六點的。」派恩故意地説，邊説邊笑，然後向自己的房間走去，「晚安啦。」

「派恩，還想玩到六點。」海倫有些生氣地説道，「我看你敢？」

「管家婆，不要管我了，管管你自己吧，守好你的電話。」派恩走到了自己房間的門口，「啊，小心，那個聲音又來了，康拉德又來電話了。」

「鈴——鈴——鈴——」桌子上，電話鈴聲突然響起，派恩愣住了，沒想到自己一説就中。旁邊的本傑明也是，他直直地看着電話，海倫則連忙跑過去接起電話。

「偵探所嗎——」康拉德急促的聲音傳來，「快來呀，那個聲音又來了——」

第三章　威脅聲再現

半個多小時後，南森和小助手們趕到了康拉德的家，康拉德緊張地站在家門口，等待着他們。下車後，南森他們就急切地衝進了康拉德的家，海倫和本傑明用幽靈雷達掃描着四周，保羅在一樓探測了一下，隨後跑上了二樓。

「……十點半出現了那個聲音？」南森説着打開了一個櫃子，向裏面看了看。

此時，海倫找出了兩部微型攝影機，保羅也檢測好二樓，跑下來，通過無線連接連通上了攝影機，從裏面調閱錄影紀錄。

「對，十點半，我聽得很清楚，本來我也想去休息了。」康拉德説，「我跑下樓看，和以前一樣，沒有任何人，但是我聽到了那個聲音。我其實也一直想在一樓直接聽到那個聲音，晚上我拿着棒球棍，在一樓坐了一個小時呢，沒有聽到什麼聲音，剛上樓五分鐘，就聽到一樓傳來了那個聲音。」

「具體説的是什麼？」南森問。

「大概是『我的耐心有限，我不會再給你們機會了，我會來殺了你們』。」康拉德説，「我家裏一個人也沒有，我也沒心思看電視，所以聽得比以前清楚，大概就是這些，還是那些威脅的話，不過這次似乎更狠了。」

「博士，沒有人為跡象。」保羅已經飛速地看過了錄影紀錄，「十點半左右，一樓房間和大門外都沒有人。同時，十點半前後，沒有任何聲音被錄下，康拉德先生説十點半聽到了那個聲音，所以，應該就是魔怪在發聲，魔怪的身影不會在攝影機呈現，聲音也不會被錄下。」

「知道了。」南森點了點頭，「説明的確有魔怪。」

這時，本傑明和派恩走過來，對南森搖搖頭，表示他們沒有任何發現。南森感到了問題很棘手，他在房間裏走了走，隨後看着敞開的大門。

「從一樓攝影機沒有採錄到聲音的這個情況看，的確是魔怪在發聲，任何魔怪的聲音用現代電子設備都無法錄下，但是有魔怪聲音，幽靈雷達卻沒有反應。很奇怪……這個案件，我們要再次疏理。」南森若有所思地説，隨後，他看看小助手們，「接下來，我想我們要先住在這裏了，要是能在這裏聽到那個聲音，應該能有助於我們解開這個謎團。」

我會來殺了你們～

「博士，要是真的有魔怪，發現我們在這裏，會不會就不來了，或者説就不發出什麼聲音了。」本傑明問。

「真是魔怪，幽靈雷達怎麼一點都沒反應。」派恩指着櫃子下，「我們藏的幽靈雷達可是任何魔怪信號都沒有發出來，沒有魔怪來到這個房間。」

「可是那聲音呢？攝影機沒拍到是人類所為。」本傑明反駁説。

「這個……這個……」派恩也不知道該説什麼了。

「康拉德先生，我看你家足夠大，我們要在這裏住下……」南森看看在一邊手足無措的康拉德説。

「太好了，你們住下來最好。」康拉德激動地説，「如果剛才你們在，也許就能把那個傢伙抓出來了呢……你們都住二樓，在一樓住也行，不過要睡沙發了。」

康拉德説着，把大家帶到二樓，每個人都安排了一個房間，不過南森説自己就睡在一樓的沙發上，大家明白他的用意，康拉德抱了枕頭和被子下來，鋪在沙發上。

已經很晚了，剛才的一番忙碌，讓大家都感到累了。南森叫大家都先休息，他和保羅就在一樓，有什麼情況隨時會知曉。此時的康拉德倒是很興奮，他説魔法偵探們住在這裏，他可以踏實地休息了，這些天奇怪聲音的事一直弄得他心神不寧的。

「海倫，你們都先去休息吧，有事我會叫你們的。」南森看了看時間，「噢，康拉德先生，你還要回答我幾個問題。」

「可以。」康拉德連連點頭。

「你能描述聽到的那個聲音嗎？你説過是個男聲，但是聽上去是年輕人的還是老年人的？聲音很粗嗎？還是有別的特點？」南森坐到沙發上，問道。

「應該是個比較年輕的人在説話，聲音特點嘛……有點沙啞。」康拉德説，「還有點……時斷時續的，好像是，我不太確定。」

「好的，好的。」南森點點頭，隨後，他看着康拉德，「好了，你去休息吧，我守在這裏，請放心。」

康拉德答應一聲，上了二樓。小助手們也都去了二樓。南森並沒有馬上睡下，他坐在沙發上，保羅趴在沙發旁邊，有些無精打采的。

「老伙計呀，可要警惕呀，也許那個聲音還會傳來。」南森叮囑道。

「需要我對着聲音傳來的方向發射一枚導彈嗎？」保羅抬起頭，晃晃腦袋。

「噢，那倒不需要。」南森擺擺手，「我們先要弄清楚情況，這應該就是一宗魔怪案件。」

「對的。」保羅認真地説，「而且這個魔怪，膽子還真是大，一次次來威脅。」

「嗯，這個我們明天要好好研討一下。」南森説着攤開被子，「這件事……很複雜，很複雜……」

這天晚上，再也沒有事情發生。保羅不用睡覺，他警覺地趴在沙發邊一個晚上，等着那個聲音再次傳出，但是什麼都沒有等到。

第二天一早，南森七點就起來了，沒一會，康拉德先生下了樓，他要吃早餐，隨後去上班。南森告訴他，下班後他可以去太太和孩子那邊住，此處確定了是魔怪案件，他也不會任何魔法，所以他還是離開這裏比較好。康拉德答應了南森，下班後他先不回這裏住了，這裏交給南森他們，全力偵破這個案件，找出那個發出威脅聲音的傢伙。

「白天，白天魔怪不出來，就這麼等着可真沒意思。」吃過早餐，派恩在康拉德家裏走了走，隨後就不滿地叫起來，「海倫，你要不要回偵探所？順便把我的遊戲機搬過來。」

「派恩，你就知道玩。」本傑明指着派恩説，隨後看看海倫，「順便把我的漫畫書拿過來。」

「你們兩個……」海倫沒好氣地看着本傑明和派恩，「我們這是在工作呢。」

「可是白天去哪裏抓魔怪呀？我們要等着魔怪晚上出來。」派恩說，「這裏只有小孩子的玩具，真沒意思。」

「誰說要乾等着魔怪來呀？要是魔怪不來呢？」海倫說道，「博士早上說今天要再次疏理一下這個案子，你們沒聽見呀？」

「我……」派恩眨眨眼，「我忙着吃飯呢。」

「是要疏理一下。」南森走了過來，「海倫說得對，要是魔怪發現了我們，沒有前來，我們不能一直這樣等下去，我們要把握主動權。昨晚太晚了，今天白天我們要來好好思考一下，我感覺這個案子有很多未知的東西，可以推演一下，看看有什麼結果。」

「好的，博士。」本傑明點着頭說，「我和你來推演，讓那個派恩去一邊玩吧，反正他在哪裏都多餘。」

「我也要推演。」派恩瞪着本傑明，「你在不在都對推演沒什麼幫助。」

兩個人又拌了幾句嘴，被海倫勸解。南森拿着幾張紙和筆，走到一樓的桌子後，開始疏理這個案子。他叫小助手們也各自想想這個案子的情況，他們就在那個聲音傳出來的一樓進行案件的思考和分析。

派恩學着南森的樣子，找來紙筆，和南森相對而坐，也煞有介事地在紙上寫寫畫畫，看上去實在是推演案情。海倫真想把他拉到一邊去，免得他影響南森，可是一去拉他一定會引起他的大喊大叫，反倒真的影響到南森，所以沒怎麼管他。一樓的沙發這邊，本傑明和保羅小聲地說着什麼，倒是很規矩。

海倫在一樓小心地走了一個來回，觀察着一樓的布置，一樓很簡單，有客廳，客廳連着一個敞開式的廚房，實在沒什麼能引起人注意的地方，而房間裏的幾個櫃子，包括櫥櫃，都不像是能隱藏魔怪的地方。

桌子後，南森已經把筆放下，隨後打開電腦，查詢起來，電腦是康拉德家的，南森說有必要讓海倫把偵探所裏自己的電腦拿來。

看到南森放下筆，派恩也放下筆，看着南森。不遠處，本傑明繼續和保羅說着話。忽然，南森關上了電腦，又看了看自己寫畫的那張紙。

「走，我們去二樓說。」南森對大家招招手，隨後向樓梯走去。

第四章　派恩想拆房子

大家連忙跟上南森，他們都很興奮，感覺到南森應該有了重大的發現。南森把大家帶到二樓的一個半敞開的空間，這是一個兒童活動房，是康拉德的兩個孩子玩耍的地方。

「就在這裏說吧。」南森説着找了一把椅子坐下，隨後示意小助手們也都坐下。

「博士，為什麼在這裏説？」派恩很是好奇地問，「一樓不能説嗎？」

「等你聽完我的解釋，大概就明白了。」南森笑了笑。

本傑明坐在房間裏的墊子上，努力動了動，距離又和南森接近了，好像生怕有什麼聽不到。

「具體的案件過程，你們都清楚了，這個就不多説了。」南森説着看了看手裏拿着的那張紙，「我們快速進入正題，我關注的地方，是那些奇怪的、帶有威脅性質的聲音的具體內容，比如説『殺了你全家』、『會讓你們不得安寧』，還有『我的耐心有限，我不會再給你們機會了，我會來殺了你們』，都是狠話。」

「聽上去就是在威脅康拉德先生一家呀。」派恩說。

「是威脅人的話。」南森點點頭，「不過我們都很熟悉魔怪的特點，魔怪很少會一次次的威脅後再出手，他們要是想謀害哪個受害者，基本上連說都不會說，直接出手，這樣一次次地說威脅的話，不是很奇怪嗎？」

「確實很奇怪。」海倫皺着眉說，「所以一開始我們也放心康拉德自己在家，即便有魔怪，要出手害人早就出手了，不用這麼一次次地說。」

「海倫說得對……對於這個案件來說，我們現在知道，這件事不是人類的惡作劇，而康拉德一家的情況簡單，他上班，太太在家帶孩子，兩個孩子很小，完全沒有機會去得罪什麼魔怪，結果居然在房子裏出現了這種極有可能是魔怪發出來的聲音。」南森比劃着說，「所以大家是不是拓展一下思路，看看還有沒有其他的可能。」

「拓展思路？」小助手們全都愣住了，本傑明眨眨眼睛，看着南森。

「注意這句話——『我的耐心有限，我不會再給你們機會了，我會來殺了你們』，這句話，難道真的是對着康拉德一家說的嗎？」南森平靜地說，在這個房間裏，他分析這個案情的時候，似乎一直刻意地壓低了聲音，「『你們』是指一個人以上，可是康拉德昨晚是獨自一人在家呀，魔怪應該很清楚，這時候應該說『不會給你機會，會殺了你』，這樣似乎更加合理一些。」

「對呀，魔怪就在一樓，要是連這個房子裏有幾個人都不知道，那還叫什麼魔怪。」海倫思維清晰地說。

「所以，我們換一個思路，這句話，也許不是對康拉德說的，而是對其他人說的。」南森環視着大家，非常認真。

「房子裏還有別人嗎？」海倫先是一驚，隨後瞪大眼睛看着南森。

「一定沒有別人，這裏僅僅住着康拉德和他的家人。」南森擺擺手，「但是不住着別人，不等於不住着……魔怪。」

「魔怪？」本傑明差點叫出來，「還住着魔怪嗎？那我們的幽靈雷達早就發出警報了。」

「幽靈雷達的事先放在一邊，過一會再講。」南森說，「如果僅僅從房子裏還住着魔怪的事情來說，當然，這個魔怪是隱蔽地居住的，另外一個魔怪上門，說出了威脅的話，恰好被康拉德一家聽到，這樣就能解釋房子裏出現奇怪聲音的原因，而且是一個魔怪威脅另外的魔怪，當然也就存在一次次登門恐嚇的可能了。魔怪對另外的魔怪下手，可不會那麼容易得手，雙方都能互相防範。」

南森的話聲音不大，但是確實震驚了小助手們，他們沿着南森的提示思考着，各人的眉毛都擰了起來。

「博士，你的解釋倒是能説通房子裏有奇怪聲音的事情，但是魔怪住在什麼地方？即便是魔怪威脅魔怪，那應該互有爭吵，為什麼康拉德只能聽見那幾句話，沒有聽見別的。」本傑明想了想後，很是疑慮地説。

「是的，這都沒有解釋，我也不知道原因。」南森進一步説，「但是如果設定這個房子也住着魔怪，按照這個線索找下去，如果真的發現魔怪，那麼後面的問題就好説了。」

「魔怪住在這個房子裏？」派恩很是着急地看着房間的四周，「住在哪裏呢？老鼠洞裏嗎？或是地板下面？還是屋頂閣樓……」

「一個隱蔽的地方，而且那裏能夠遮蔽魔怪反應，所以幽靈雷達捕捉不到信號。」南森説，「我們可以去找一找，當然，魔怪隱身的地方明顯在一樓，因為聲音是從一樓傳出來的。所以我把你們叫到這裏來説這件事，魔怪要是隱藏在一樓的哪個地方，也有可能聽見我們的話。」

「那就去找呀！」派恩很是激動，「我去車庫，看看康拉德的工具箱，鑿子、斧子、錘子、電鋸，全都拿來……」

「你要拆了這房子嗎？」南森倒是有些吃驚地看着派恩。

「不拆房子嗎？」派恩也愣住了，「那怎麼找到魔怪的家？」

「不，派恩，這可不行，康拉德先生回來一看，家已經被我們拆了，這可不行。」南森擺着手説，「關鍵是聲響太大，會驚動魔怪的。」

「真是莽撞。」本傑明説着推了派恩一把，「你動動腦子就能想到……」

「海倫，你乘計程車，回去把顯形粉拿來，還有火柴，我有用處。」南森吩咐道，他看看本傑明和派恩，「我們幾個去一樓找隱藏着魔怪的地方，注意不要發出大的聲響。」

「博士，我現在就去。」海倫已經站起來，向樓下跑去。

「老伙計，你在一樓，仔細地聽着動靜，萬一我們驚動了魔怪，地板下或者牆壁裏有什麼異常響動，你馬上告訴我們。」

「是，博士。」保羅立即回答。

大家分別展開行動，海倫出門叫計程車。保羅到了一樓就趴在地上，耳朵貼在了地板上。南森走到樓梯旁的牆壁那裏，用手敲了敲牆壁，牆壁發出實心的聲音。

本傑明和派恩也各自走到一面牆壁那裏，用手輕輕地敲着牆壁，他們沒有聽到空心的聲音。這是一個簡單實用的辦法，不過南森很快就對他們擺擺手，這樣敲下去，可能會驚動魔怪。

房間裏，此時顯得很是緊張，魔怪可能就隱藏在某個角落，而大家要做的工作就是把這個隱蔽之處找出來。也許魔怪會從某處突然跳出來，甚至發動攻擊，所以大家都異常謹慎。

「用透視眼，看看牆壁和地板下是什麼。」南森把小助手們叫到一起，指了指四周。

小助手們都點着頭，南森走到一堵牆面前，面對牆壁有一米多的距離，默唸魔法口訣，開啟了自己的透視眼，他的雙眼射出幾乎看不到的微光光柱，射向牆壁，很快就

看透了牆壁。

小助手們也各唸魔法口訣，開啟透視眼來檢視着整個房間。他們看着四面的牆壁，看着地板，穩穩地移動着，保證把整個房間都看到。

「博士，我都看了一遍。」本傑明走到南森身邊，壓低聲音説，他指着西側的牆壁，這裏是進出大門的地方，「另外三面都看到房間外了，這面比較暗，看到的是旁邊的車庫，黑乎乎的，看上去沒有魔怪的隱身之所。」

「我也看了，這面確實看不清，因為那邊就是車庫，不像別的地方，能看穿到外面。」南森點點頭。

「地板下也沒有……」本傑明猶豫地説，「是不是這裏沒有魔怪的藏身處？」

「不要着急，海倫過一會就來了。」南森説，「如果真有魔怪，沒有那麼輕易地挖個老鼠洞一樣的地方住下的，一定會有很好的防範，包括遮蔽魔怪反應，以及防備魔法師用透視眼觀察，所以等海倫回來，我還是有辦法的。」

「用顯形粉嗎？」本傑明疑惑地問。

「對，等着吧，要是這個辦法還是找不到，那我們要重新整理思路了……」南森説着看看四周，微微地點着頭說。

南森他們的搜索結束，大家都坐到了沙發上，等着海倫回來。本傑明很是着急，跑出大門口，站在路的兩邊，看着道路的兩邊，看看有沒有計程車進來，保羅跟在派恩身後，也很着急。

忽然，門開了，有個人從外面走了進來。

第五章　燃燒的顯形粉

「海倫，怎麼才……」派恩從沙發上跳起來，看着大門口，忽然，他看到進來的人不是海倫，「哇——魔怪呀——」

「啊？你……」進來的人是一位女士，還抱着一個孩子，聽到派恩的話，吃驚地看着派恩，「你說什麼？」

「媽媽，什麼是魔怪？」被抱着的孩子看着派恩，她是個小女孩，兩歲左右，「媽媽，這些人為什麼在我們家？」

「還抱着個小魔怪。」派恩依舊有些緊張，甚至有進入戰鬥的狀態。

「別緊張，派恩。」南森拉了拉派恩，看着那位女士，「是康拉德太太吧？我是南森。」

「啊，是南森先生，我先生和我說了，你們在我家。」女士把小女孩放到地上，小女孩自己直接跑上了二樓，「那天走得匆忙，孩子們的一些東西都沒來得及拿走，我過來拿一下，本想打個電話的，可是手機沒電

了。」

「噢，好的，那你請便。」南森點點頭，「我們這邊的工作……還要進行幾天，你們還要先住在外面。」

「沒問題，要謝謝你們呢。」康拉德太太說，她連連點頭，很是恭敬，「請問南森先生，發現了什麼嗎？」

「這個……」南森笑了笑，「我只能說正在進展中，有什麼情況，或者對這個房子有什麼疑問，會立即詢問你們的。」

「好的，我明白。」康拉德太太連忙說。

「媽媽——我要帶走所有娃娃——」小女孩的聲音從二樓傳來。

「那我就不打攪了，我拿了東西就走。」康拉德太太看看南森，隨後向樓上走去，「拿兩、三個吧，還有哥哥的東西，我們拿不了那麼多——」

康拉德太太上樓了，南森拍拍身邊的派恩，說他過於緊張了。派恩也感覺到了自己的冒失，剛才他確實比較緊張。

樓上，康拉德太太忙了一會，帶着小女孩走了下來，下來的時候，她提着一個袋子，裏面裝滿玩具，小女孩也提着一個小袋子。

「艾米麗，我和你説了，冰淇淋和巧克力不能吃太多，把冰淇淋放到冰箱裏去。」康拉德太太邊下樓邊説。

「不行，我就要吃，我就要帶到外婆家去吃。」艾米麗扭着身子，護着自己的那個小袋子。

「噢，外婆家也有的。」康拉德太太又説。

「外婆家的不好吃。」艾米麗説着走下了樓，她忽然看到了南森，笑了笑，「老爺爺，你在我們家對嗎？幫我看好卡卡喔……」

「卡卡是兔子玩具，實在太大，我拿不動。」康拉德太太連忙解釋。

「沒問題，我會照顧好卡卡的。」南森彎下腰，笑着對艾米麗説，「我會每天喂它吃蘿蔔的。」

「謝謝。」艾米麗很高興地跳了跳，隨後從袋子裏拿出了一條巧克力，遞給南森，「老爺爺吃。」

「謝謝。」南森接過巧克力，「真是個可愛的孩子。」

「老爺爺再見。」艾米麗很有禮貌地揮揮手。

「艾米麗再見。」南森也笑瞇瞇地揮了揮手。

康拉德太太帶着艾米麗出了門。南森把她們送到門口，揮手告別。他和派恩回到房間，南森把巧克力給了派恩，派恩剝開糖紙就吃。

這是一段小插曲，康拉德太太走了以後，派恩又開始緊張起來，此時他感覺魔怪好像就在這個房子裏，但是又很難找到，關鍵是如果有魔怪，那該是以怎樣的狀態與人類同處一室的？

門被推開了，派恩立即又站了起來，這次進來的是本傑明，隨後，海倫和保羅也跟着進來。

「拿來了，顯形粉和火柴。」海倫一進來就把一包顯形粉遞給南森。

「好。」南森點點頭，隨後他招招手，把小助手們都叫到身邊，壓低了聲音，「我們用無影鋼鐵牆把一樓這個範圍整個密閉起來，然後我燃燒顯形粉，再加上我的魔法控制，如果有魔怪隱身的空間，顯形粉的燃燒氣體會立即流進那個空間，無論魔怪用什麼辦法封堵，總會留有一點點縫隙，這種縫隙阻攔不住顯形粉的煙霧，而燃燒後的顯形粉無色無毒，因為燃燒過，也無法在魔怪身上發生作用，所以魔怪本身不會發現自己被顯形粉籠罩，我用魔法控制，則能看見顯形粉的流動趨向。」

「要是屋裏沒有魔怪呢？」派恩急着問。

「那燃燒後的顯形粉只會直直升起，然後慢慢充滿屋裏。」南森説。

「那就快行動起來。」派恩握着拳頭，還揮了揮。

小助手們各唸魔法口訣，用無影鋼鐵牆封閉住了一樓的門窗，一樓通向二樓的樓梯，這樣一樓就成了一個密閉空間，可以讓燃燒後的顯形粉氣體不會逃逸出去。同時，這種檢測不能時間太長，否則整個空間就會缺氧。

海倫來之前，南森就準備好了一個盤子，他把顯形粉都倒在盤子裏，海倫他們走來，告訴南森整個空間已經被密封住，南森叫本傑明把窗簾都拉上，屋裏立即變得非常黑暗。

「嚓——」南森劃了一根火柴，點燃了相對來説易燃的顯形粉，顯形粉開始慢慢燃燒。

「看見你的去向。」南森對着燃燒的顯形粉唸了一句魔法口訣，小助手們此時全都緊張地圍在旁邊。

南森的話音剛落，本來看不見任何燃燒煙氣的顯形粉升起，生成了一股淡白色的煙氣，煙氣中還閃了幾點火花。這股煙氣升起了不到五厘米高，突然轉向，向西側的牆壁快速撲去。

小助手們跟着那股煙氣來到西側牆壁，只見那股煙氣從六、七處不同的地方，鑽進了西側牆壁的一塊二、三十厘米大小的長方形牆體裏，六、七處流進氣體的地方，勾勒出了一個長方形的面積。小助手們全都激動起來，他們找到了魔怪的藏身之處。

「就這裏。」南森蹲下身子，那處長方形的地方，緊連着地面，就像是地面上的一個暗門，「裏面要是有魔怪，感覺不到氣體的……目前的情況很明顯了，裏面藏着魔怪。」

「這裏有魔怪？」派恩瞪大了眼睛，就像是要把那塊牆體立即拆除了一樣，「這麼小？魔怪怎麼進去的？」

「小聲點——」本傑明很是不滿意地拉了拉派恩，「你怕他們聽不到對嗎？」

「啊——」派恩連忙捂住嘴巴。

「收起鋼鐵牆，打開窗簾。」南森看看在一邊激動的海倫。

海倫立即收起了無影鋼鐵牆，南森則用水澆在燃燒的顯形粉上，熄滅了火。所有的鋼鐵牆被收起，海倫打開窗簾，屋裏明亮起來。

明亮的光線下，那塊長方形的牆體看上去和整面牆沒什麼區別，都在淡綠色的壁紙覆蓋之下。派恩遞給南森一枝鉛筆，南森沿着剛才氣體進入的地方，把那塊牆體輪廓大概勾勒出來。

南森招了招手，把小助手們叫到房子的另外一邊。

「牆壁的那一邊，是黑乎乎的車庫。用透視眼看過去，並沒有看穿裏面的具體情況，我覺得那是一塊有着特殊防禦功能的板子擋在了牆體裏，也可以說是一塊護板，護板阻隔了透視眼的穿透性，讓人以為看到的是車庫，其實是黑色的護板板面。同時，這塊護板很成功地阻隔了裏面魔怪的反應信號的外洩，所以，幽靈雷達的探測也被遮蔽了。」南森小聲地分析說。

「那塊有護板的牆體也就是二十厘米闊，三十厘米長，還沒有我的小腿高，魔怪怎麼鑽進去的？縮小身體嗎？」派恩充滿疑惑地說，「另外，那是一個地道的出入口嗎？可是平常那裏都是封閉的。」

「現在的辦法，就是破拆，打開牆體，拿下護板，裏面的情況就清楚了。」南森很是堅定地說，「我們要做的，就是做好準備，一旦打開牆體，揭開護板，魔怪的巢穴可能就露出來了，魔怪也就暴露了。如果魔怪在裏面，那麼一定會抵抗和逃跑，所以，老伙計，你去房子外，一旦魔怪逃走，就用導彈轟擊，我和海倫負責破拆。本傑明、派恩，你們一左一右，守在兩邊，隨時準備和魔怪作戰。」

「是。」小助手們一起回答。

派恩要去把破拆工具找來，南森說只需要一把美工刀，如果從外面大力破拆，無疑會驚動裏面的魔怪。派恩按照南森的吩咐，在康拉德家車庫的工具箱裏，找來了一把美工刀。

南森把大門打開，保羅來到房間外，大門口這裏，由本傑明把守，派恩在另外一邊。南森蹲下，先是用美工刀，沿着長方形的周邊，把壁紙劃開，揭開壁紙，裏面露出了木板，南森輕輕敲敲木板，判斷了一下裏面的構造。

「火花飛濺。」南森唸了一句魔法口訣，同時手指沿着鉛筆線的輪廓開始劃動，手指觸碰到木板的地方，一道電光線被劃出，木板被切割開，火花四濺。鉛筆線其實是劃在南森判斷的護板周邊兩、三厘米的地方。

不到半分鐘，木板就被切割開了，空氣中還有了淡淡的焦糊味道。南森小心翼翼地拿下木板，裏面露出了磚石牆體。

南森把木板遞給海倫，海倫緊張地看着牆體。南森又敲了敲牆體，隨後對海倫點點頭。

「我馬上把這裏打開，聽聲音看，牆壁裏有護板，護板是魔怪放進去的。」南森説，「海倫，你找一塊布，接着碎石，不要弄出聲響。」

「魔怪會鑽出來嗎？」海倫很是焦慮地問。

「做好準備吧，一切都要打開後再説。」南森指了指牆壁，他們不遠處，本傑明和派恩同樣非常緊張。

海倫找來一塊布，蹲在一邊，南森又唸了一句魔法口訣，手指隨即在牆壁上劃動，火花隨即四濺，南森的手指猶如高温割刀一樣，切割開磚石，石塊紛紛掉在海倫的布上，沒有發出大的聲響。切割開的石塊，都不厚，南森感覺到了裏面的護板。這堵牆的厚度，南森估計有三十厘米，而掉下來的石塊厚度，大概不到五厘米。

南森的速度很快，磚石周邊被切開後，南森把整片的磚石牆體拿下來，一塊深顏色的護板露了出來，很明顯，這就是那塊阻隔透視眼和探測信號的護板了，護板看上去冷冰冰的，好像是一塊鐵板，它就豎立在那裏，牆體被剝開後，它沒有倒下來。

南森看看大家，指了指護板，他的眼神告訴大家，準備好應對接下來的事。他用手輕輕推推護板，失去了一面支撐的護板，微微動了動。

第六章　小小的一家人

南森雙手抓着護板的外沿，稍微一用力，扯下了護板，護板很重，面對南森的一面，是黑色的，而另一面則是白色的，上面好像還貼着什麼東西。南森他們預計打開護板後，會看到一個暗洞，但是出現在他們面前的，是一個兩層建築的側剖面圖，兩層建築很矮，彷彿一間微型的房屋，房屋的門前還有個小院子。更為關鍵的是，裏面有三個很矮的小人，一樓有兩個，二樓有一個，都直直地看着南森。沒錯，南森他們沒有眼花，兩層建築裏，就是三個小人，每個身高也只有六、七厘米高，像是三個玩具小人，但是他們全都會動，有個人甚至還捂着嘴，吃驚地看着南森和海倫。兩層建築裏，很明亮，每層都有寶石類的東西照明。

「這——」海倫驚呆了，她看着三個小人，一時手足無措，這和她預計的結果完全不一樣。

兩個在一樓的人，看上去是一男一女，應該是都慌了手腳，他們大喊大叫，但完全聽不到他們在喊什麼，因為沒有任何聲音傳出來。樓上的一個人，看上去是個孩子，飛快地跑下樓，那個女人連忙護着那孩子。

「嗖——嗖——嗖——」三道閃光飛快地向南森飛射而來，南森還在吃驚中，冷不防地就遭到了攻擊，連忙躲避，他躲過了前面兩道閃光，第三道閃光正好射在他的臉上，他的臉就像是被針扎了一樣，極為刺痛。隨即，又有三道閃光向海倫飛來，海倫也在吃驚中，第一道閃光就擊中了海倫的臉，她大叫一身，差點坐在地上。

「這是什麼人——」派恩湊了過來，他也看到了三個小人，也看到閃光攻擊，他很是驚奇，伸手就抓向那個向外射出閃光的男人。

「啊——」派恩大叫起來，他的手指被閃光擊中，非常疼，他的手猛地縮了回去。

南森此時的狀態，似乎在迷惑着什麼，他沒有展開攻擊，反而被攻擊，但是還是盯着那幾個小人看，但是小人晃動着，南森又是蹲着，觀看的姿勢很吃力，所以看不清楚。

「哇——還敢攻擊我——」派恩大叫着，揮着拳頭，馬上就要打下去一樣。

「等一下——」南森對派恩擺擺手，「我去看看——」

派恩一愣，這時南森忽然站起，隨後唸了一句魔法口訣。

「身體小，小身體。」

「唰」的一下，南森頓時開始縮小，不到兩秒鐘，他的身體變得和那幾個小人一樣，只有六、七厘米高了，南森站在地板上，幾步就跑進了那個「模型」房屋裏。

三個小人看着跑進來的南森，南森也看清了他們，三個小人和正常人的相貌差不多，只是腦袋大一些，耳朵比較尖。

一男一女兩個小人圍了過來，一左一右，瞪着南森，看樣子馬上就要展開攻擊。

「指精靈——你們是指精靈——」南森大喊着，「不要攻擊——我們是好人——」

一男一女兩個小人互相看看，嘴巴一張一合地說了幾句，南森聽不見他們說的是什麼。忽然，那個男人說的話南森可以聽見了。

「巫師，你是巫師——」

「我們可不怕你——」女人也說話了，她的話南森也聽見了。

「倫敦魔幻偵探所的魔法偵探南森，不是巫師，是魔法師——」南森激動地比劃着，「你們是指精靈，我知道的。」

「噢，南森，知道。」男人説着仔細看看南森，隨後看了看女人，態度忽然就平和了很多，「珍妮，他好像是那個魔法師，就是那個破了一些案件但是自以為是的魔法師，我和你説過……」

「是嗎？」叫珍妮的女人盯着南森，「好像是，嗯，就是他，有一次你指着電視採訪説過他。」

「等一下。」此時的南森着急了，他幾乎都忘了他來這裏是來破案的了，他覺得自己的名譽非常重要，「我什麼時候自以為是了？」

「好多次接受電視採訪，就是自以為是。」男人又嚴肅起來，「不就是破了幾個案子嗎？」

「接受採訪就……你們是這樣認為的？」南森苦笑起來，他揮揮手臂，「行，可以，難怪大家都説你們指精靈特立獨行，和大家的想法經常不一樣。」

「誰説的？」男人和珍妮一起指着南森，「是你們的想法不正常——」

「好，好，我們不正常。」南森擺擺手，「重要的是你們都看清了，我是魔法師，不是巫師，你們是指精靈，是小精靈中最小的一種，大概只有人類的手指高，所以叫指精靈，沒有翅膀，從不作惡，獨來獨往，我説的這些都沒錯吧？」

「嗯，算你説對了。」珍妮點點頭，「可是為什麼來拆我家？」

「對呀。」那個指精靈孩子也走上前質問南森，因為知道南森不是巫師而是魔法師，三個指精靈此時全都沒有了那種敵意，但充滿憤怒。

「我……」南森很是無奈地看着他們，他看看男人，「請問先生，你是……」

「我是戈登。」叫戈登的男子説道。

「我是小戈登。」叫小戈登的孩子跟着説，「戈登是我爸爸，珍妮是我媽媽。」

「好吧，戈登先生，還有小戈登……我知道，你們是一家……」南森説着扭頭，看了看外面。

海倫、本傑明、派恩的三個大腦袋，擠在一起，看着南森和指精靈的對話，指精靈雖小，但是説話的聲音洪亮，聽得非常清楚，保羅也拚命往裏擠。而從南森的角度看，他們都像巨人一般。

「我知道你們能變大，這個空間太小，我有好幾個小助手，而且目前這所房子裏，沒有其他的人類，你們不用擔心被看到。」南森繼續説，「所以請你們變大，到屋裏來，我們把整件事説説清楚。」

「變大會耗費魔力的。」戈登説着看看珍妮，不過珍妮點了點頭，戈登擺擺手，「好吧，一會你要把我家給封上，一面牆被你拆了……」

南森率先走出「模型」房屋，來到室內的地板上。海倫他們看到，「模型」房屋雖小，但是擺設什麼的都是現代社會用的家具，只是縮小很多，不過沒有電視機或冰箱這樣的電器。

南森走出來後，朝幾個「巨人」擺擺手，海倫他們連忙起身後退。

「身高復原——」南森唸了一句魔法口訣，身體迅速恢復到了本來的高度。

「身體大，大身體。」三個指精靈走出來後，各唸魔法口訣，小戈登雖然年紀小，但也是天生的指精靈，也會不少魔法的。

轉瞬間，三個指精靈就變大了，戈登變得甚至比南森還要高一些。小助手們好奇地打量着三個指精靈，他們的確就是指精靈，海倫和本傑明曾經親眼見過別的指精靈，派恩也在課堂上學過。三個指精靈的腦袋比較大一些，也沒有翅膀，他們都穿着現代人的衣服，從遠距離看，就是三個普通的現代人，兩個大人和一個小孩。變大後仔細看這一家，戈登和珍妮的年齡大概在三十歲左右，小戈登在六、七歲左右。

「噢，爸爸，我聞到了食物的味道，好像不比漿果差。」小戈登變大後，有些興奮地看着四周，不過他根本就沒有注意海倫他們，「應該在二樓。」

「人類的食物，有什麼好吃的？不好吃的！」戈登不屑地說。

「我要試一試。」小戈登喊叫起來，他吸着鼻子，「你們大人之間說話，我也沒事……」

「那就去試一試，真沒辦法。」戈登擺了擺手，「你覺得好吃就多吃點。這家人佔了我們的地，也不交房租，還不能去要，真是夠討厭的，吃他點東西也正常。」

小戈登連忙向二樓跑去。

「你們好像是住在人家家裏，怎麼是人家佔你們的地呢？你們的思維方式呀……」南森小心地糾正道。

「兩千年前我們就住這裏了，一千年前人類才在這裏建房子。」戈登打斷了南森的話，很是不客氣，「你說是誰佔了我們的地的？」

「噢，對不起，對不起。」南森連忙致歉，「這裏的歷史我不知道，確實不知道，原來是這樣。」

「有什麼事？快點談吧，我們可是在耗費魔力呢，我不是經常變大的，很不適應現在的環境呢。」戈登說着不客氣地坐到了沙發上，「是說拆了我家牆壁的事吧？那是我們的阻隔板，我看了，沒損壞，你要給我裝回去，還要賠我十桶漿果。」

「給你一百桶都行。」南森笑了起來，他心裏想，給他們一斤漿果，他們半年都吃不完，「現在我們一一說清整件事，先說一下，你們怎麼住在人家牆壁裏的，啊，我知道，人類是後來才在這裏建造房屋的，但是你們怎麼會住進人類後來建造的房屋裏的？」

「人類佔了我們的地方，這裏兩千年前就是我家，我是說這個房子的位置，我們指精靈不想離開祖屋，可是這裏被人類佔了，我知道，他們是無心的，所以我們也沒有太抱怨呀，只是用隱蔽的方式住在自己的祖屋裏。」戈登漫不經心地說，「近千年來，這個房子被推倒翻建了好多次，最後一次翻建是在一百年前，我們家族一直住在這個房子裏，不管怎麼翻建，我們都是在翻建後在牆壁裏挖一塊出來居住的，最後一次翻建後不久，我爺爺就在牆壁裏挖出一塊，建造了你們看見的房子，現在是我們一家在住呀。」

「明白了。」南森點了點頭，「那塊護板，是你們用來遮蔽聲音外傳和魔怪反應外傳的吧？你們怕被探測到。」

「先說一點，我們確實怕被探測到，不是怕魔法師，我們算是魔怪，但我們是小精靈的一種，我們不幹壞事，魔法師對我們也都很好，這你應該知道。」戈登比劃着說，「我們預防的，是巫師，有些巫師會專門抓我們，抓住後解除魔法，當成寵物養，還在巫師間高價出售，我們當然要有防備動作。」

「這種情況幾百年前有，但是現在很少了。」海倫在一邊插話說。

「你保證一件也沒有嗎？」坐在戈登身邊的珍妮瞪着海倫。

「噢，對不起，對不起。」海倫吐了吐舌頭，抱歉地說。

「護板是山毛櫸木壓實後製作的，還在魔藥中浸泡過，能夠防護我們的魔怪反應外洩，也能防護幽靈雷達這樣的探測設備。我們的真實身高你們也看見了，我們身體裏散發出來的魔怪反應本身就很小，那塊護板足夠防護我們的魔怪反應外洩了。同時，我們發出的聲響，比如說走路的聲音，拉動桌椅的聲音，本身也不會大，護板也能阻攔住，也就是說這個房子裏的人聽不見我們的響動，我們不想讓房子裏的人知道我們，引起不必要的麻煩，當然最不想讓巫師知道我們。總之，就是你過你的生活，我們過我們的生活，互不干擾，據我所知，這家叫康拉德的，也是五年前買下這裏的。」

「你們說話的聲音呢？你剛才說話的聲音洪亮，可不像是一個小人發出來的聲音，這個護板能阻隔住聲音嗎？」本傑明語速飛快地問。

「你着什麼急呀？我要一點點說呀。」戈登不滿地瞪了本傑明一眼，「我們指精靈說話聲音普遍都很大，這我們知道，護板也只能消除我們一半的音量，康拉德一家還是能清楚地聽到，這我們也知道。所以我們這些和人類共同居住的指精靈，說話的時候，換頻道！」

第七章　珍貴的寶石

「什麼？」本傑明一愣，「換頻道？」

「準確地説是換頻率，人類耳朵能聽到的頻率在二十到二萬赫茲之間，超過或低於這個頻率都聽不見。我們指精靈在和人類居住時説話都採用甚高頻頻率，這個頻率遠高於二萬赫茲，所以人類根本聽不到我們説話，也就不怕説話聲傳出去了。」

「明白了，以前我接觸過森林裏居住的指精靈，他們不需要換頻率説話，因為不用防備人類聽見。」南森聽完點着頭説，「這個辦法很巧妙，器物發出的聲音能被護板遮蔽掉，説話聲使用甚高頻，這樣你們就能做到不被發現了。你們知道人類的一切，知道康拉德一家，但是他們不知道你們的存在……剛才我看見你們夫婦對話，一開始完全聽不到，忽然又聽到了，你們是切換了頻率，對吧？」

「對，一開始還是用甚高頻説話，後來發現你們都打進來了，還偽裝什麼呀，就切換到我們本來的説話頻率上了，我們是因為偽裝才使用甚高頻的，在森林裏正常説話都是正常頻率。」珍妮接過話，解釋道。

「這個我們明白了……還有，你們從不出門嗎？」海倫好奇地問，「你們吃和喝什麼呀？」

「當然出門，出門的通道在我家門口院子邊，有個地下道，一直通到車庫外，出口在車庫和這家圍欄間的夾縫，算是夾壁道，整個夾壁道只有三十厘米闊，人類進不來。」珍妮説，「我們也要外出採集漿果的，我們還要走親訪友呢，你以為我們與世隔絕嗎？」

「噢，我知道了。」海倫連忙笑了笑。

「別笑！説了半天我們家的情況，你們是魔法師，我們也不想瞞你們，但是為什麼拆開我家護板？我們招惹你們了嗎？我們招惹到康拉德一家的生活了嗎？」戈登很是不客氣地説。

「那現在就要説説主題了。」南森也認真起來，「你們説在這裏居住，使用甚高頻説話，但是，康拉德一家，聽到了你們的聲音，而且是威脅的聲音，你們要殺了康拉德一家，要讓他們一家不好過，這是為什麼？」

「塞西爾——」戈登和珍妮互相看看，一起喊起來。

「什麼？」南森問。

「一件煩心事，喊話的不是我們，是一個叫塞西爾的傢伙。」戈登説道，「塞西爾也是個指精靈，住在森林裏，我們指精靈不作惡，不像那些壞魔怪，但是我們之間，也有遊手好閒的傢伙，也做一些壞事。這個塞西爾就是這樣，坑蒙拐騙，為非作歹，壞得很呢。我不小心招惹到他了，我去森林裏採漿果，從他家前路過，結果他説我偷了他的寶石，能發光的寶石，很珍貴，本來他就不好惹，結果我惹到他了，誰知道他有沒有那塊寶石呀，結果他不停地來我家騷擾，要我們還回那塊寶石，否則就殺了我，讓我們家也不好過。你剛才説的那些話，全都是塞西爾的原話。」

「他喊這些話的時候全是用人類説話的頻率嗎？」南森問。

「不是呀。」戈登搖搖頭，「全是甚高頻，這點他還是明白的，他知道我們和人類住在一起，要是用人類的頻率喊話，人類立即就聽見了，會拆開房子的，那樣我們都得走，他一樣也得逃，所以和我們對話，也用甚高頻頻率。」

「那怎麼康拉德一家能聽到呢？」南森很是疑惑，大家也一樣。

「那我怎麼知道？」戈登有些激動地擺擺手，他皺着眉，「嗯……你是説康拉德一家聽到了塞西爾的話？你確定是塞西爾説的，不是康拉德得罪了什麼人？」

「昨天晚上十點半左右，塞西爾來過你家進行威脅吧？」南森問。

「是的。」戈登看看珍妮，隨後望着南森，「你怎麼知道？」

「康拉德就是這個時間聽到的，大概是『我的耐心有限，不給機會了，會來殺了你們』這樣的話。」南森説，「毫無疑問，康拉德聽到的就是塞西爾的喊話。」

「那我真的不知道了。」戈登露出無奈的表情，「他要那樣喊，我也阻止不了，我只能確信塞西爾來我家後也是採用甚高頻的頻率説話的。」

「有個問題，塞西爾是在你家門口和你們説話的吧？」

「是呀。」

「他一定還説了別的話吧？不僅僅是一來就高聲威脅。」

「那當然，一開始他先是勸我把寶石還給他，可是我沒拿，還什麼還？最後走的時候他就大吼大叫了。」

「康拉德倒是沒有説過他聽到別的話，他只聽到那些威脅的話。」

「高聲喊的時候音量大？」戈登看看南森，「威脅我們的話他當然都是大聲說啦。」

「可是如果採用甚高頻，就是再大的聲量，人類也聽不見呀。」南森說完，像是在思考什麼。

戈登聳聳肩，表示自己也不能理解，而且還是一副無所謂的樣子。

現場陷入了平靜，大家都不說話，好像各有心事。還是南森打破了這種平靜，他看了看戈登。

「塞西爾一次次地威脅你，你想怎麼辦？」南森問，「我相信你沒有拿走塞西爾的寶石。」

「不用你相信，沒拿就是沒拿，這種惡棍，就是這樣，到處敲詐。」戈登晃着頭，「怎麼辦？還能怎麼辦，我們這裏也不像人類社會，可以報警處理。他要真是來打，那就打啦，他要是一直那麼喊，就隨他，他要真是威脅到我和家人，那就和他打。」

「以你的攻擊力，我想他也打不過你的。」南森估算了一下戈登的魔法水準，說道，「他屢次威脅，也沒有出手，我想他可能也就是嚇唬一下你。」

「那你可是小看他了，我說了，他是個惡棍。」戈登搖了搖頭，「其實我們家麻煩大了，我這邊要是不給他寶石，他不會善罷甘休，他自己當然打不過我們，但是他多糾集幾個人，就會覺得有實力了。他一直在找幫手呢，早上我就聽說他找好了幫手，要上門尋仇，有朋友勸我們一家去躲一躲，我們才不要呢，不過我們今天也準備讓小戈登住到朋友家去，這些惡棍糾集起來，也很兇悍的。」

「所以塞西爾才會說不再給你們機會，他的耐心有限，我知道了，他這是基本糾集好了同夥，準備上門尋仇了。」南森意識到了問題的嚴重性，「你們要有危險了。」

「無所謂啦，不就是人多嗎？」戈登攤了攤手，「反正我沒有拿他的寶石，反正我不怕他們……」

「小戈登不用走……」南森突然說。

「不，這是大人之間的事，小孩子還是要規避開。」戈登連忙說，「我可不想他受害……」

「我是說我們來幫你，我們一起抵禦塞西爾。」南森打斷了戈登，「正好我要解開謎團，就是那個聲音，為什麼康拉德一家能聽見威脅的聲音，這些必須找到這個塞西爾才能知曉，否則這個事情就是一個沒有完全解決的懸案，而且你們一家面臨危險，我們不能不管，我們可是魔法師呀。」

「噢，你們來幫忙嗎？」戈登一臉驚奇地看着南森，「這可是沒想到，這可是好事情，我知道你很厲害。」

「我很感謝你們。」珍妮也在一邊説。

「不能讓無辜者受欺負呀。」南森看看珍妮，語氣很是堅決，「所以不用謝，儘管不是危害人類的事情，但是危害你們的安全同樣不行，我們都要管。」

「可是你們怎麼管呢？」戈登指着牆壁處自己的房子，「這裏完全被你們打開了，塞西爾從通道進來，看到這個樣子，轉身就會離開的。」

「我想先確定，塞西爾一定是晚上來找你們嗎？白天會不會來？或者説現在會不會出現？」南森先提了一個問題。

「不會的，他主要是來找我，白天我經常不在家，他來了也找不到人，晚上來一定能找到我。」戈登回答説，「所以每次他都是晚上來。」

「馬上把那裏恢復。」南森指着牆壁處説，「復原後，我們縮小後穿牆進去，我會盡心部署，好好對付塞西爾，我感覺他們既然糾集好了，今晚就會來上門。」

「我也是這麼認為的，所以準備下午就把小戈登送走呢。」戈登連忙點着頭說，他剛才那種很是不屑、有些生硬的語氣緩和了不少，「嗨，我說，南森……先生，你倒真是一個熱心的魔法師呀。」

大家很快就行動起來，珍妮從二樓找到了小戈登，小戈登正抱着一大桶冰淇淋猛吃，旁邊還有很多打開的食品包裝。珍妮把很不情願的小戈登拉到一樓，他們一家人唸魔法口訣，變回了原本大小，回到了家裏。

南森把護板放了回去，周圍用膠紙固定了一下。隨後，南森給康拉德打了一個電話，告訴他事情有了一些進展，晚上他不用回來，等到事情完全解決後，他們一家就可以回來了。康拉德很興奮地問南森是否發現了什麼，南森只是強調他暫時不要回來，南森覺得晚上會有打鬥發生，結果不得而知，康拉德不會魔法，所以不回來為宜。

安排好了康拉德，房子這裏沒什麼不放心的了。南森把小助手們都叫到牆壁前，先是一起變小，他們要進入戈登的家。查看好地形，準備應對那個塞西爾的挑釁，南森要找到這個塞西爾。其實到目前為止，房子裏聲音的來源，並沒有解決。

「擋不住我的心也擋不住我的形。」魔法偵探們一起唸魔法口訣，穿牆進入了戈登的家。戈登家的房子，其實是完全建造在牆壁裏的。

第八章　貪吃的小孩

南森他們直接進入到戈登家的一樓，他們好奇地看着四周，除了沒有電器，這裏的布置和人類的住家一致，設計上甚至很現代。

「歡迎，歡迎。」珍妮端上了一個托盤，裏面有好幾個杯子，杯子裏都是漿果，「請喝漿果汁，昨天採來的。」

「房子的照明，用的是魔法夜光寶石？」南森指了指屋頂的發光寶石，寶石將房子照得很亮，這樣在牆壁裏的房子，窗戶的設計完全是裝飾，也不會有電源，一切的照明，全靠夜光寶石。

「不錯吧？比陽光射進來還亮。」珍妮得意地說。

「不要跑，小狗狗。」小戈登看見保羅也進來，興奮地去抱保羅，保羅連忙躲避，小戈登在後面追趕。

「小戈登，不要鬧，那是魔法師。」珍妮連忙說。

「媽媽，我要抓個蚱蜢當寵物。」小戈登停止了追趕，隨後向珍妮提了一個要求。

「不行，和我們一樣大，不知道的還以為我們是蚱蜢的寵物呢。」珍妮立即拒絕。

「我就要——」小戈登扭着身子，「我可以抓一隻小一點的……」

「快上樓玩去，大人現在有事呢。」珍妮連忙說，「拿上藍莓餅乾，你爸爸昨天買回來的。」

聽到有吃的，小戈登聽話多了，戈登已經把藍莓餅乾從櫃子裏拿出來，遞給了小戈登，小戈登拿着餅乾，很高興地上樓去了。

「屋子裏基本就是這樣，下面是一個廳，連着廚房，樓上有三個房間，也可以帶你們去看一看。」戈登走過來，指着四下介紹說。

「塞西爾是站在哪裏叫罵的？你們讓他進屋裏了嗎？」南森看好了一樓的情況，問道。

「沒有，才不會讓他進來呢。」戈登說，「他是在門口喊叫的，我們的門口也是有空間的，是個院子，地道口就在院子的邊上，我帶你們去看看。」

戈登帶着南森他們來到門口，他推開門，映入眼簾的是對面的牆壁，大門和牆壁之間，確實有個小院子，對面的牆壁上，還鑲嵌着一塊夜光寶石，照亮着大門口這裏。

南森他們都走出了戈登的家，在大門口的空地上看着，這裏還顯得比較寬敞，按照指精靈的身材大小，站十幾個沒問題。

「戈登先生，這就是地道嗎？」本傑明的聲音傳來，他站在一個洞口旁，指着地下問。

「是的，直通車庫那邊的夾壁道。」戈登説道。

「那我們下去看看。」南森很有興趣地走過去。

戈登家向外的地道，和一般的那種洞穴式的地道不一樣，更像是一條人類城市裏的過街地道，首先向下有台階，下到地下後，是修整得四四方方的走廊，走廊裏很是整潔，沒有任何雜物，也看不見土，全被水泥抹平了，而且地道裏也有一顆夜光寶石照亮。

南森他們沿着長長的地道，穿越過了車庫，前面，有光影射進地道，明顯就是出口了。他們來到出口，走上了出口的台階，來到了外面，這裏是車庫牆壁和柵欄之間的夾壁道，對人類來説很窄，兒童都擠不進來，所以出口放在這裏，很安全。

南森和幾個小助手在夾壁道來回看看，他走到了夾壁道的一端，看到了康拉德家屋前的空地。

「塞西爾怎麼知道你住在這裏的？」南森問身邊的戈登。

「問來的吧，我這裏對指精靈們並不保密，當然我是沒有告訴過他，我以前也不怎麼認識他。」戈登説，「他可以去問別的指精靈。」

「這個區域住着不少指精靈嗎？」

「也不算多。」戈登搖了搖頭，「大都住在旁邊的樹林裏，被人類佔領了家園還不肯走的，只有三家，包括我們家。」

「被人類佔領家園？」南森疑惑起來，隨即又明白過來，「啊，我知道，我知道，你是說和人類住在一起的。」

「你可以這麼認為，實際上是人類和我們住在一起。」戈登有些不客氣地說。

南森無奈地笑笑。他在夾壁道這裏又走了走，了解了地形。隨後，他們回到了戈登的家裏。

到了戈登家，南森又到樓上看了看。算是把戈登家屋裏屋外的整個布局全都了解了。他來到一樓，走到門口，再次打開門，站在門口看着對面。

「可以了。」南森在門口站了一會，忽然轉過身子，走進屋裏，大家也都看着他，「今晚那個塞西爾要是來，我們就在門口這個地方把他抓住……」

南森隨即向大家說出了自己的設想，大家連連點頭，看上去什麼事都要挑揀一番的戈登也沒有異議，還連連說好。

時間剛到下午，塞西爾和他的同夥不可能此時來。戈登的判斷和南森一樣，塞西爾前幾次一直威脅，沒有動手，是因為他自己打不過戈登和珍妮，如果找來幾個幫手，那他就有實力了，必定上門尋釁。南森還擔心地問過戈登，如果塞西爾來的人多，打不過怎麼辦，戈登一直堅持自己很厲害，不怕人多。

無論如何，南森做好了部署，時間還早，他們也是消耗魔法縮小身體的，所以先讓戈登一家在房子裏，南森他們穿過護板回到了康拉德的家，隨後身體也復原。

「我總是覺得哪裏不對，有些怪。」身體復原後，本傑明就說。

「怎麼了？」海倫問。

「怎麼我們來破一個魔怪案件，到現在變成了幫人家打架了？」本傑明聳聳肩。

「不是打架，是抓魔怪，抓指精靈塞西爾，他是個壞蛋。」派恩連忙糾正道。

「區別好像不大，我就覺得要幫指精靈打架，我們和戈登一夥，塞西爾一夥。」本傑明強調說，「當然，上門尋釁確實不對，還說那些威脅的話，夠狠的。」

「所以要搞清楚，這些話康拉德一家怎麼也會聽到。」南森在一邊說，「可惜指精靈也沒法報警，否則塞西爾哪裏敢一次次上門呀。」

「戈登一定沒拿塞西爾的寶石，戈登是那種正直的、老老實實過日子的人。」海倫說，「和這家的康拉德一樣，只不過脾氣有點怪。」

「想法也怪。」本傑明補充說。

「好了，問題一會討論。」南森說着看了看旁邊的廚房，「我說海倫，我們現在是不是該做點飯？吃好後休息一下，再吃晚飯，今晚可有得忙呢，搞不好一晚上都不能休息。」

「好，好，現在就做。」海倫連忙向廚房走去，「塞西爾今晚一定會來嗎？」

「按照戈登說的，應該會來，戈登聽說塞西爾已經找了幫手了。」南森說，「今晚不來，明天也會來，這個塞西爾是個沒完沒了的傢伙。」

「他會有什麼寶石才怪呢。」派恩不屑地說，「一個指精靈中的壞蛋，沒想到指精靈中也有這種人。」

「這種人，大錯不犯，小錯不斷。」南森很是感慨地說，「以前也遇到過……」

海倫很快就做好了飯，吃了以後，大家坐在沙發上說話。不一會，小戈登把護板推開一道縫隙，鑽了出來，他太小，還沒有掌握穿牆術。出來後他變大了身體，直奔二樓——那裏有張桌子放了不少零食，二樓還有一個小冰箱，裏面有冰淇淋和飲料等。小戈登剛上去不久，珍妮也來到房子裏，問也不問直接上了二樓，很快就把小戈登給揪了下來。

「真是嘴饞，真是不拿自己當外人。」珍妮夾着小戈登，「還是要早點封上護板，否則還不天天到人家家裏拿吃的呀？」

「我要吃人類的食物。」小戈登掙扎着，「媽媽，你和爸爸騙我的，你説人類食物不好吃，我吃過了，比漿果好吃多了——」

「這是人類家，魔法師們在這裏，人家主人不在，你爸爸就讓你吃幾口。我們和魔法師都是朋友，人類可就説不好了，全都愛大驚小怪的。」珍妮用力地不讓小戈登掙脱下來，她忽然看了看南森他們，「我説魔法師們，過一會再看見小戈登鑽過來，幫我攔着他，越來越不像話了，猛吃冰淇淋都不吃漿果了，不過那冰淇淋味道確實不錯。」

「哇，媽媽，你也吃了人家的冰淇淋——」小戈登聽到這話，大叫起來。

「就吃了兩口……」

珍妮夾着小戈登，先是縮小回本來大小，隨後穿牆回家了。南森他們在沙發上無奈地看着這一幕，他們拿這指精靈一家，可真是沒辦法。

第九章　塞西爾又來了

晚飯過後，南森他們又在康拉德家待了一會，小助手們都適當地休息了一下，準備應對晚上的戰鬥。他們可不是一點防範都沒有，戈登家的二樓，海倫的幽靈雷達縮小後放在了那裏，一旦塞西爾等前來，幽靈雷達就會發出警報，戈登就會立即過來告知。幽靈雷達在戈登家的設置，還有小小的複雜，因為戈登一家是小精靈，也能發出魔怪反應，海倫將幽靈雷達設置成搜索十米外的魔怪反應，這才避免幽靈雷達一直閃個不停。

八點之前，南森覺得塞西爾還不會來，所以一直沒帶着小助手們過去。晚上八點半，南森看看時間，覺得差不多了。他和小助手們關好了康拉德家的門，晚上這裏將不會有人。隨後，大家縮小了身體，唸魔法口訣穿越進了護板，來到了戈登家。

「我還想叫你們來呢。」戈登看到南森他們出現在一樓大廳裏，揮揮手，看上去他有點不滿意，「還以為你們去逛街了呢。有點責任心、有點責任心好不好？塞西爾可能馬上就要來了。」

「嗨，你不是不怕塞西爾嗎？」本傑明問。

「這不是有了你們嗎？我的計劃也改變了。」戈登不屑地説，「本來我就想揍他們一頓，誰讓他們沒事找事的，現在你們來了，我準備抓住他們，先揍他們一頓，然後每人要給我唱首歌或跳個舞才能走，唱得不好聽還不行……」

「噢，好奇妙的想法。」本傑明瞪大眼睛，「我們可真是來幫你打架的了。」

「是伸張正義。」戈登不客氣地説，「怎麼是打架？」

「隨便你了。」本傑明説着向二樓走去，「幽靈雷達沒有讓你的寶貝兒子給拆了吧？」

「沒有。」珍妮説，「他很懂事的，只不過把幽靈雷達扔到水盆裏一會。」

「哇，雖然是防水的，也不能故意往水盆裏扔呀。」海倫叫着往樓上跑。

「那快去看看吧，沒準現在用錘子砸呢。」珍妮擺擺手，隨後對着樓上喊，「小戈登，不要弄那幽靈雷達，那不是玩具——」

「沒有——我在喝果汁呢——」小戈登的話從樓上傳下來。

海倫跑上樓，萬幸，幽靈雷達被扔在地板上，小戈登在一邊喝着果汁。海倫拿起幽靈雷達，操作了幾下，正常，海倫總算是放下心。

「嗨，我知道你叫海倫。」小戈登看看海倫，「下次來給我帶一些你們人類好吃的食物，那種又冷又甜的，噢，叫冰淇淋。」

「那要問你媽媽同意嗎？」海倫把幽靈雷達放到窗台上，「再説我可不想來你們家，還要變小，還要幫你爸爸和人家打架。」

「我爸爸一個人就足夠了，不需要你們幫忙。」小戈登滿不在乎地説，「而且，還有我呢，我很厲害的，如果吃了你們的那種冰淇淋，我就更厲害了。」

「你怎麼對我們的食品那麼感興趣？」海倫看看小戈登，小戈登斜躺在沙發上，一副懶洋洋的樣子。

「不好吃嗎？你不喜歡吃？」小戈登説着坐直了，「你要是覺得不好吃，那就把你們家的冰淇淋全都拿來給我吃，謝謝啦。」

「噢，你這個思維方式……」海倫皺着眉，無奈地笑着，「你哪句話聽到我説不喜歡吃了？」

「你的意思就是不喜歡吃呀……」小戈登説着指了指窗台上的幽靈雷達，「嗨，為什麼你的怪東西開始閃光？」

「啊？」海倫先是一愣，隨即轉過身，她看到幽靈雷達上的警示燈開始閃動，心裏一驚，「啊，是塞西爾來了。」

這時，戈登有點緊張地跑了上來，他手裏還拿着一個接收器，幽靈雷達發出預警的信號會同時傳到接收器上。

「塞西爾他們來了吧？這個接收器震動了。」戈登上來就説，「保羅也説他檢測到幾百米外有信號，他先説檢測到信號，隨後接收器開始震動。」

「來了。」海倫拿起幽靈雷達，「那就按照博士的計劃，行動吧。」

「小戈登，待在二樓，不要下來——」戈登指了指兒子，叮囑道。

「我準備把你們打架的情況畫下來。」小戈登興奮地跑到窗邊，窗邊的桌子上，已經準備好了一張白紙和幾枝彩色筆，白紙就是人類用的紙，當然沒有那麼大張，彩色筆是指精靈們用天然顏料自己做的。

塞西爾來了嗎？一場激烈
的戰鬥是否即將要展開？

海倫和戈登一起下到樓下，大家此時既興奮又緊張。保羅在大門口，珍妮已經打開了門。

「一共三個，他們就是要以多打少。」保羅向大家通報着檢測結果，「不過我們現在可有六個，二打一。」

「快，一會他們就過來了。」南森揮揮手。

「放心吧。」保羅説着就跑了出去。

保羅出去後，珍妮關上了門。南森讓大家都平靜下來，隨後坐在沙發上，海倫和派恩各拿一台幽靈雷達，站在窗邊，窗簾一直是拉着的。

「三百米了……」派恩報告着距離，「二百九十米，二百八十五米，二百八十米，二百七十五米……」

「嗨，派恩，不要這麼緊張。」本傑明不耐煩地説，「不用報告得這麼密集，就是幾個惡棍，我們可不怕他。」

「緊張？我天下第一超級無敵魔幻小神探會緊張？」派恩好像吃驚一樣地看着本傑明，「我是在認真履行我的偵探任務。」

「別吵，別吵。」海倫看着幽靈雷達，「他們馬上就過來了，加速了，他們進入這邊的街區了……」

大門口，戈登和珍妮站在門旁，戈登此時很是沉穩，珍妮看上去還好，但稍顯不沉穩。

「塞西爾這個惡棍，什麼壞事都能做出來的，不知道請來什麼樣的幫手？」

「不用怕，有我呢，南森他們也在。」戈登比劃着說，「聽到剛才保羅說了嗎？現在我們人數多，二打一。」

「我就是怕他請來什麼魔法特別高的傢伙。」

「小聲點，他們穿過馬路了。」海倫向門口這邊喊道。

珍妮和戈登立即都不説話了。海倫的幽靈雷達上，此時有三個光點從遠處快速向這邊接近，同時還有三個光點就在身邊——樓上一個，樓下兩個，他們就是戈登一家。南森通過無線對講機和保羅進行了通話，告訴屋子外面的保羅一定要隱藏好，保羅説已經藏在了一個灌木叢後。

一個灌木叢後，保羅隱蔽着，灌木叢就在康拉德家門口的街道上，分隔開人行道和車道。此時的保羅身體和平時一樣大，他剛才就鑽出了康拉德家通往外界的地下道，躲到了房子外。保羅先是用魔怪預警系統監視着塞西爾等，塞西爾他們的具體方位，保羅一清二楚。過了一會，他看見不遠處的街道邊有幾個小小的影子一晃，塞西爾他們來了。

那幾個影子飛快地向前跑了十幾米，此時是晚上九點多，街上沒有一個人，非常安靜。

一、二、三……保羅數着數，一共三個指精靈，從保羅隱藏的灌木叢五米前經過，隨後鑽進了夾壁道。天黑了，保羅借助着路燈的光，大概看清了這三個指精靈，他們長得和戈登一家差不多，都是很大的頭，尖尖的耳朵，不過保羅不清楚哪個是塞西爾，雖然戈登簡單描述過塞西爾的樣子。

「三個全都進了夾壁道了，説話聲也調整到甚高頻了。」保羅通過無線對講機通知南森那邊，特別提醒要調整聽力頻率，否則聽不到塞西爾他們説話。指精靈調整頻率，是保羅用儀器檢測出來的。

南森答覆收到。保羅隨後跟了上去，他唸魔法口訣縮小後進了地下道，同時把聽力頻率調整到甚高頻。

「……老大，這個戈登敢拿你的東西不還，就是找死，看我怎麼收拾他。」前面傳來三個指精靈的對話聲，保羅跟着他們走在地下道裏，他故意把自己縮得很小，以免被前面的指精靈發現，「小時候我要這個戈登的玩具，他就不肯給，這次我饒不了他……」

保羅變得太小，需要快跑才能保持着和指精靈的距離。前面，三個指精靈已經出了地下道口，來到了戈登家門前的空地上。

第十章　堵住退路

南森他們在房間裏，用幽靈雷達探知塞西爾他們已經來到了房子前。隨後，「咚咚咚」的敲門聲響起。

「戈登，偷東西的戈登，給我出來——」一個聲音傳進房門，那聲音有些沙啞，「再不出來我就把門砸開了——」

「這個是塞西爾。」戈登指了指外面，看着南森，小聲地說。

「開門。」南森示意戈登。

戈登把門打開，走了出去，珍妮也跟了出去。

「怎麼又來了？」戈登一出門，就瞪着塞西爾說。

「那當然，我要拿回我的寶石。」塞西爾大喊着，很是得意，「看看，我把我的兄弟都找來了，今天要是不還給我寶石，我們兄弟三個，殺了你們——」

「敢得罪我們大哥，你不想活了——」三個指精靈中，個子最矮的一個指着戈登說。

戈登看清了來的三個指精靈。塞西爾他認識，有點胖，個子矮的指精靈他也見過，住在森林裏，平時也總是遊手好閒的。還有一個大個子指精靈，又高又壯，比塞西爾整整高出了一頭，胳膊和矮個子指精靈的大腿一樣粗，此時他站在塞西爾身後，蔑視地看着戈登。

「我沒有拿你的東西，你不要沒事找事。」戈登氣憤地説，「你污衊我的人格，我還沒找你算帳呢。」

「哈，真厲害。」塞西爾一揮手，「布魯納，莫林，揍他們——」

「你們幹什麼？」南森的聲音傳來，隨後，他從戈登身後走了出來。

塞西爾他們一愣，看到了南森，他們發現，南森是個人類，而且能變得這麼小，看起來還是戈登的朋友，所以一定是個魔法師。塞西爾他們正在吃驚，海倫和本傑明又走了出來，最後派恩也走了出來。

「哇，大哥，他們也找了幫手，還是魔法師。」矮個子指精靈害怕了，連忙往塞西爾身後躲。

「魔法師怎麼了？」塞西爾一副不示弱的樣子，上前一步，「告訴你們，魔法師，這是我們指精靈之間的事，你們少插手，小心打起來，濺你們一身血。」

「有什麼事好好説，怎麼又打又殺的？」南森勸服地說，「你們指精靈不作惡，和魔怪不一樣，但是自己之間也不能這樣打殺呀。」

「你管不着，是他拿了我的東西。」塞西爾不耐煩地擺了擺手，「老頭，趕快閃一邊去。」

「我必須管，你們不能這樣，有話好好説呀……」南森一直想平息這場糾紛。

「嗨，老頭，我告訴你，我們三個在這邊也算是有些名氣的。」塞西爾打斷了南森的話，「你要是一定要管，連你一起打——你們兩個，上——」

塞西爾把手一揮，矮個子指精靈和高個子指精靈一起撲了上去，塞西爾也撲了上去，他兇狠地雙拳出擊，打向了戈登，戈登連忙一閃，躲過了攻擊，隨後一拳打上去，打中了塞西爾，塞西爾叫了一聲，轉身又向戈登打去。

就在這短短的時間，撲向南森的矮個子指精靈被南森推了一把，翻倒下去，隨後連滾帶爬地跑到邊，哭喊起來。

「大哥，二哥，打不過老頭呀……」

「莫林，你這個笨蛋——」高個子指精靈罵着矮個子指精靈，吶喊着向南森撲去。

南森沒有出手，海倫和本傑明攔在南森身前，高個子

指精靈掄起拳頭，打向本傑明，本傑明用手一擋。果然，高個子指精靈力氣很大，本傑明被打得退了幾步，海倫一拳打過去，高個子指精靈也沒怎麼躲閃，被海倫打中，他紋絲不動。

旁邊的戈登、珍妮和塞西爾打在了一起，塞西爾明顯打不過兩個人，連連後退。

高個子指精靈揮拳打向海倫，突然，他一個踉蹌，差點摔在地上，原來是派恩從他身後飛起一腳，正好踢中他的後背。高個子指精靈站穩身子，對着身後猛揮一拳，派恩連忙閃開。

有着一把蠻力氣的高個子指精靈發瘋般胡亂揮着拳，本傑明他們都躲在一邊，看着他揮拳，高個子指精靈閉着眼睛，由於害怕再次被偷襲，他轉着圈，掄着拳頭，東打一下，西打一下。南森站在門口看，差點笑出來。

「布魯納，看看你的蠢樣子，看準人再打——」莫林在一邊大聲提醒着叫布魯納的高個子指精靈。

布魯納聽到這話，停止了盲目攻擊，他站穩腳，看到了面前的南森，怪叫着撲上去。

「嗨——」海倫和本傑明一起起飛，高高躍起後，一左一右踢向布魯納，布魯納還沒衝到南森面前，身體左右一起被踢中，慘叫着後退了幾步，隨後重重地摔在地上。

「啊——啊——」布魯納試着爬起來，但是第一下沒起來。

「哇——哇——」莫林站起來，去拉布魯納，「你這個傻大個，就指望你揍他們了，可你也這麼不禁打呀——」

「你被兩個魔法師一起踢中試一試。」布魯納站了起來。

南森他們站在門口，沒有上前繼續攻擊，海倫聽着他們的話，居然笑出聲來。

不遠處，塞西爾已經被戈登夫婦圍住痛打，他揮着拳衝出包圍，看到了布魯納和莫林。

「跑吧，你們還等什麼？」塞西爾説着就向地下道口跑去，他知道根本就打不過南森他們，人家是魔法師，人數也多。

布魯納和莫林跟着就跑，眼看他們要跑，海倫和本傑明連忙追上去，他們還要抓住塞西爾，找到康拉德一家聽到聲音的原因呢。

莫林看到海倫他們追過來，雙手一揮。

「臭鼬兩倍——」莫林喊了一聲魔法口訣，一股淡綠色的煙氣隨即出現，撲向海倫和本傑明。

淡綠色煙霧撲向海倫，這時戈登夫婦也一起跟了過來。那煙霧奇臭無比，一下就包裹住了海倫他們。

「啊——」海倫叫了一聲，隨後連忙閉嘴，同時用雙手捂住鼻子。

本傑明和派恩連連後退，他們也都捂着鼻子，莫林

釋放出來的臭氣差點就把他們給熏倒了。戈登夫婦捂着鼻子，鑽進了屋子裏。

「你就有逃跑的本事——」布魯納罵着莫林，「我們可是來教訓他們的。」

「有這本事就不錯了，要不然被他們抓住了。」莫林慌慌張張地跟在塞西爾身後。臭氣是噴向南森他們的，所以莫林他們聞不到。

莫林向前猛跑兩步，撞在了突然停下的塞西爾身上，塞西爾本來已經跑到地下通道口了，突然站住，因為他看見通道口有一個大頭，那是保羅的頭。保羅按照計劃，在塞西爾他們進來後，就守在地道口這裏，房門前一開打，他就唸魔法口訣，讓自己的身子變大，感覺完全充滿了地道口，連忙叫停。這樣，保羅整個身子就塞在地下道裏，頭在外面，保羅瞪着大眼睛，看着面前的三個指精靈，他們的出路已經完全被堵住了，這都是南森計劃好的。

「這、這——」塞西爾看着保羅，「你走開——」

「去——」保羅此時的身體，沒有恢復到本來的大小，卻比指精靈大很多，他張開嘴，對着塞西爾猛吐出一口氣。

「呼——」的一股氣浪猛地推來，保羅可不是隨便吹口氣的，他用了一些魔力，而且本來身體就變大很多，那股氣浪把塞西爾推出去很遠，塞西爾重重地摔在了地上。

「啊——」塞西爾大叫一聲，隨即捂住鼻子，「好臭呀——」

塞西爾被氣浪推到了南森那邊，那邊可是臭氣彌漫的。地道口這裏，保羅對着莫林和布魯納各吹一口氣，把

他倆也推出去很遠。莫林也摔在房門前不遠處，隨後也捂住了鼻子。

「這麼臭——誰呀——誰幹的——」莫林站起來，喊道。

「你這笨蛋——就是你幹的——」塞西爾上去就是一腳。

「大哥——踢我幹什麼——」莫林喊了起來。

布魯納沒有摔那麼遠，他爬起來，看着保羅。保羅嚴嚴實實地把自己塞在地道裏，布魯納一點縫隙都找不到，他大喊大叫，衝出去。保羅看了他一眼，張嘴對着他又是猛吹一口氣。

「啊——」布魯納翻滾着，被氣浪推走，正好撞在塞西爾身上，他剛想叫罵，不過也猛地捂住鼻子，「真臭呀——」

「夠了，夠了。」南森站在屋子裏，他捂着鼻子，那股臭氣沒有散盡，就連二樓的小戈登都在喊臭，南森用手一推，「凝固氣流彈——」

「嗖——」的一聲，一枚凝固氣流彈射在門前的地上，隨即爆炸。爆炸的氣浪把臭氣團炸開，臭氣沿着護板的縫隙，飛進到康拉德的家裏。

「嗖——轟——」海倫看到南森的舉動，隨即仿效，她也射出了一枚凝固氣流彈，炸散臭氣團。

兩枚凝固氣流彈爆炸後，臭氣團大部分散盡，門前這裏不那麼臭了。塞西爾、莫林和布魯納隨即逃走，但是跑了幾步，又看見保羅在地道口那裏瞪着他們，連忙站住。

在塞西爾他們的身後，本傑明和海倫向前走了幾步，戈登夫婦也跟了過來。塞西爾着急了，他一揮手，一道細細的閃光射向保羅。

「嗨，用點力呀，你這是給我撓癢癢呢？」保羅不屑地說，塞西爾的攻擊打在他身上，保羅沒有什麼感覺，保羅關閉了自己的痛感系統，這種光束射在人身上，會有刺痛感，保羅完全不怕。

塞西爾一驚，站在那裏，有些手足無措了。莫林和布魯納也一樣呆住了。

「省點力氣吧，你們跑不了了。」本傑明走到塞西爾身後，嘲弄地說。

「大哥，怎麼辦？」莫林說着大哭起來，「真不該和你來，說好了以多打少，一定贏，怎麼還有魔法師呢？大哥，你這消息怎麼這麼不靈呀——」

「是呀，大哥，現在是人家以多打少。」布魯納也帶着哭腔抱怨起來，他看着塞西爾，「怪不得人家讓這隻吹氣小狗堵在這裏，人家根本就是要把我們圍在這裏揍呀——」

「我的命真苦呀——」莫林說着看向戈登，「戈登，你還記得嗎？小時候我就想搶你的玩具，被你揍一頓，現在又被你揍，我這輩子沒幹什麼別的，就光被你揍了——」

「有點印象了。」戈登點點頭，不過看到大哭的莫林，戈登不耐煩了，「誰要揍你？你自己找上門的，跟着誰不好，偏要跟着塞西爾這遊手好閒的傢伙。」

「可是你偷了人家的寶石呀，我要來伸張正義。」莫林繼續哭着，「揍一頓就放我們走，好不好，就一頓，以後我們不來你家伸張正義了。」

「誰要揍你們呀？」南森走了過來，有些無奈，「好啦，別哭了，也別跑了，我開始就說了，有話好好說呀，偏要打要殺的……好啦，別哭了——」

南森他們圍上來，因為沒有打三個指精靈，塞西爾他們不那麼恐懼了。海倫還遞了一條手帕給莫林，莫林連說謝謝，隨後開始擦眼淚。

「看看你們這個樣子，剛才那麼兇，還要殺人家一家呢。」本傑明看着塞西爾。

「嚇唬嚇唬他呀，哪敢真殺呀，誰叫他就是不肯把寶石還給我。」塞西爾低着頭說，「好啦，打不過你們，寶石不要了……」

「塞西爾，今天我非要揍你不可，現在還誣陷我拿你的寶石……」戈登突然跳起來，隨後向塞西爾撲來。

海倫和本傑明連忙攔住戈登，派恩從身後拉住戈登。只見戈登臉色通紅，全是怒氣，他試圖掙脱阻攔，一邊的塞西爾嚇得連連躲避。

「有話好好說，好好說。」南森走過去，對戈登擺擺手，「我來弄清楚這件事。」

「魔法師，我不打他了，你也別讓他打我呀。」塞西爾向南森哀求道。

「你這樣說，好像是戈登真的拿了你的寶石？」南森走到塞西爾面前，問道。

「不是好像，真的拿走了我的寶石，我就出去了一會，寶石就丟了，我問過了，那時候只有戈登從我家經過，不是他是誰？」塞西爾情緒激動地一口氣說道。

「南森先生，你不要相信他的話，他遊手好閒，坑蒙拐騙——」戈登大喊着，「我的為人大家可以去打聽一下，我從來不説謊，這裏的指精靈都知道。」

「塞西爾，那是一塊什麼樣的寶石？」南森對戈登擺擺手，示意他先不要吵，隨後轉向塞西爾，問道。

「綠寶石，比我的頭還要大。」塞西爾説，「我好不容易花高價錢買來的，大部分錢還是我借的，我想着這次該輪到我發財了，全指望這顆綠寶石了，我要是有個正經的生意做，我也不想就天天在森林裏亂逛了……沒想到給丟了……」

「買綠寶石做生意？」南森疑惑地問，「你銷售珠寶？」

「不是，那麼大的寶石，我們指精靈怎麼戴呀。」塞西爾搖搖頭説，「切割成小塊後浸泡在魔藥裏，當照明燈出售，我們指精靈的家裏照明全用這個，這樣一顆能切成兩百塊，這次我賺大了，可是給丟了，我能不着急嗎？」

「你僅僅聽説戈登從你家經過，就確定是他偷走你的寶石，你有什麼證據嗎？再説，即便是戈登從你家經過，他怎麼會知道你家裏面有寶石？他每次從你家經過，都要進去看一看嗎？」南森連續發問，

「這個……」塞西爾先是一愣，隨後抓抓頭髮。

「他那個破房子，聽説四面漏風，誰要進去。」戈登

在一邊嘲弄地說。

「對，是四面漏風。」莫林連連點頭。

塞西爾生氣地把莫林推到一邊，向前衝了兩步，像是要攻擊戈登，被南森和派恩給攔住了。

「戈登，你別得意，等我發了財，住得比你好——」塞西爾指着戈登，大叫着，他很憤怒，「可是我發財的機會被你毀了，你偷走我的寶石——」

「南森先生都說了，我怎麼會知道你家裏有寶石的？而且你也知道，我們之間不往來，我只是從你家經過，這點我不否認，可是我從來不去你家，這點你能否認嗎？」

「南森……先生？」塞西爾聽到這話，忽然看了看南森，「倫敦魔幻偵探所的南森博士？」

「是我。」南森點點頭。

「啊，我聽說過，我說呢，不是一般的魔法師。」塞西爾說着有些激動地拉着南森，「那麼南森先生，你不是偵探嗎？這個案子你來偵破呀，我的寶石真的被偷走了。」

「這個……」南森的語速放慢了，「首先，看你這個樣子，憑我多年破案的經驗看，你確實不像是在說謊，當然，不是說你的寶石就是戈登先生拿走的，我也相信戈登先生的為人，你們兩個應該都沒有錯。」

「那我的寶石哪裏去了？」塞西爾愣住了。

「是呀，他的寶石哪裏去了？」戈登跟着説，説完，兩個人還互相看看，不過隨即又兇悍地瞪着對方。

「有關寶石的事，我可以去幫忙尋找，起碼是查找丟失原因。」南森説着頓了頓，「不過，現在，我要先弄清康拉德聽到聲音的問題，我發現……」

説着，南森緊緊地盯着塞西爾的脖子看，南森這次是和塞西爾近距離接觸，很清楚地看到了塞西爾的樣子，尤其是一個地方，更加引起南森的關注。

塞西爾看南森盯着自己看，有些不知所措。

第十一章　傷疤

「塞西爾，你的脖子是怎麼回事？」南森指着塞西爾的脖子問，「有一個傷疤，噢，轉過來……噢，另一面也有個傷疤。」

「我、我和湯米打架，湯米用電光束射傷了我的脖子，留下了傷疤。」塞西爾說，隨後，他加快了語速，「湯米不是好人，每天都在森林裏閒逛，遊手好閒……」

「大哥，你在說你自己？」莫林眨眨眼，說道。

「我聽着也像。」布魯納跟着說。

「都給我滾——」塞西爾瞪着他倆，生氣了。

「你的聲道因此受損了吧，我判斷你以前說話不是這樣的。」南森問。

「對，我以前說話正常，打架養好傷後，聲音就這樣沙啞了。不過我覺得很有磁性，我喜歡。」塞西爾似乎有些得意。

「你什麼時候打架受傷的，根據傷疤判斷，應該沒多長時間吧？」南森又問。

「上個月呀。」塞西爾說，他忽然激動起來，「湯米不行，我把他也打得不輕，我打完架還能走，他在家裏躺了半個月……」

「我明白了。」南森擺了擺手，打斷了塞西爾的話，「你的聲道受損了，這會影響你發聲的頻率。」

「是嗎？」塞西爾聳聳肩。

「老伙計。」南森說着看看保羅，「給他檢測一下發聲頻率，我想我找到康拉德能聽到甚高頻發聲的原因了。」

「嗨，你靠牆站好。」保羅立即走過來，招呼塞西爾，「站好，不要亂動。」

塞西爾連忙站到牆邊，保羅的雙眼射出兩道白色的光，光線照在了塞西爾的脖子上，雖然沒有什麼感覺，但是這讓塞西爾很是不舒服。

「來，你現在就跟我說話。」南森走到塞西爾身邊，「隨便說點什麼。」

「啊？隨便嗎？那說、說什麼呢？」塞西爾有些感到突然，也有些慌手慌腳，「還是你和我說話吧……」

「可以了，現在你喊出來，大聲喊。」南森在一邊提示道。

「啊——」塞西爾大喊一聲。

「喊叫，説話，不要只喊一聲。」南森糾正地説。

「喊叫嗎？啊——」塞西爾張大了嘴，「莫林是個笨蛋——布魯納也是笨蛋——」

「噢，大哥，你沒有別的詞嗎？」莫林不滿地問。

「可以了——」南森擺了擺手。

「可以了。」保羅跟着説，「稍等一下，我把資料整理出來，他這個發聲確實有問題，可能是串頻率了……」

保羅的後背上，很快就列印出來一張紙，南森把紙撕下來，看着上面的資料。塞西爾也好奇地湊過來，看着紙上的數字，不過他一點都看不懂。

「噢，塞西爾，你的聲帶受損，的確影響了你的發聲頻率。」南森看着資料，「你到戈登家來，是把説話頻率轉換到甚高頻的，因為你也不想人類聽到你們的爭吵聲，但是你用甚高頻説話，正常説話還好，但是高聲説話的時候，出現了串頻率現象，也就是説，你的説話聲同時也在二十到二萬赫茲的這個頻率上發出，人類能聽到。」

塞西爾疑惑地看着南森，還沒有説話，海倫就走了過來。

「我明白了，塞西爾到這裏威脅戈登，正常説話康拉德聽不到，但是他威脅戈登的時候，都是吼叫的，這個高聲量在兩個頻率上發出，一個是甚高頻，一個是人類能聽到的頻率，所以康拉德聽到的都是那些威脅的話，還以為有人威脅自己。」海倫邊說邊點着頭，「而且這種聲音其實是從一樓牆壁裏傳出來的，但是康拉德他們不知道牆壁裏還有這麼一家。」

「大體就是這樣的。」南森也點點頭，隨後看看塞西爾。

「聽上去是我説的話被人類聽到了，對嗎？」塞西爾問。

「被這戶主人康拉德一家聽到了，但是僅僅是那些威脅的話，一般在威脅人的時候，都要加大音量，達到壯聲勢的效果，你就是這樣的。」南森解釋道，「關鍵是你的聲帶受損後，發出的高音出現串頻率現象，你自己不知道，但是人類能聽見。」

「噢，這我可真不知道，不過……」塞西爾指了指戈登，「這戶的主人，是戈登，不是康拉德，康拉德其實是借住在戈登家的。」

「這點我非常同意。」戈登大喊起來，不過他隨即捂住了嘴，「啊，我這樣喊，人類不會也聽到了吧？」

康拉德家一樓傳聲的謎，終於揭開了。這令大家都很高興，唯獨戈登，他現在還有着拿走塞西爾寶石的嫌疑，因為南森説塞西爾聲稱丟了寶石，不像是撒謊。雖然南森也相信戈登的人品，但是畢竟寶石丟失了，而且當天戈登的確從塞西爾家門前經過。所以，戈登夫婦喊着要南森去偵破寶石丟失之謎，這也是南森答應的。

塞西爾家就在幾公里外的森林裏，那裏是戈登採集漿果的地方。南森要偵破這個案件，當然要去現場看看，不過南森不想以目前這種指精靈的身高前往，那要走很長時間的路。他要回到康拉德的家裏，恢復原身，把指精靈都帶上，一起前往森林。

「把護板掀開，就能鑽過去，不用穿牆。」小戈登也要跟着去，他很興奮，跑去掀護板，「我下午就是這樣過去的。」

「等一下，等一下。」南森忽然想起什麼，隨後連忙向地下道口跑去。

地下道口，保羅依然趴在那裏，頭露在外面，看着南森。他剛才一直這樣聽着南森他們説話，看到南森他們像是要離開，也不知道自己該怎麼辦，正想喊南森，南森自己跑過來了。

「老伙計，走了，還在這裏幹什麼。」南森仰着頭對保羅說。

「是正式和解了嗎？不需要我擋住塞西爾了？你們說的話我很多都沒聽清……」保羅一邊問着，一邊縮小身體，隨後跟上了南森。

半小時後，恢復了本來身高的南森他們帶着六個指精靈一起前往森林。此時，六個指精靈被保羅馱着，本傑

明和派恩找了康拉德女兒艾米麗的兩個玩具塑膠桶，用一根繩子把兩個桶綁住，搭在保羅的後背上，左邊的塑膠桶裏，坐着戈登一家，右邊的塑膠桶裏，是塞西爾三個，指精靈們在塑膠桶裏或站或坐，倒是都很自在，還不用自己走路。

南森他們先是穿過整個街區，來到森林邊緣，這是倫敦南部的一個大森林。除了一些魔法師，人類都不知道這個森林裏還住着指精靈，其實指精靈們在這裏已經生活了幾千年了。

「往前走，一直往前……」塞西爾扒在塑膠桶邊，看着前面的路，指揮着大家。

「往左繞一下，其實更快。」另一邊的塑膠桶裏，戈登的聲音傳出，「否則走到大石頭前還是要繞一下路。」

「喂，是去我家還是去你家？」塞西爾對着另一邊大喊着。

「我去過森林的，我認識路。」戈登毫不示弱地大喊。

「哇——哇——還敢氣我——」塞西爾揮着拳頭，「我殺你……我殺……我……」

塞西爾看了看南森，在他眼裏，南森他們完全就是個巨人。塞西爾發現自己又說狠話了，不過能自己止住。此時他們說話的頻率都在正常頻率，離開了人類的房子，他們不需要使用甚高頻說話。

南森其實聽到了指精靈之間的爭吵，他微微笑着。前面，海倫打亮了一枚亮光球照路，森林裏當然沒有別人，有夜晚出來活動的動物，看見耀眼的亮光也都躲避，這個森林裏很早就沒有了大型猛獸，都是一些小型動物。

南森他們進入了森林深處，一路上，塞西爾還是不斷地和戈登拌嘴，莫林和布魯納則不停地幫腔。另一邊，珍妮和小戈登也幫腔戈登，就這樣吵了一路，把保羅都吵煩了，最後保羅說再聽到他們吵架，就把他們都掀翻到地上去，這才中止了雙方的爭吵。

塞西爾的家，就在一棵大樹下。海倫把塑膠桶提起來放到地上，大家把六個指精靈全部放到地面上，南森借着亮光球的光，看了看四周。從人類的眼光看，這裏就是一片樹林，不過人類從來不深入到這樣的森林深處，連個探險的人都沒有，指精靈們安心地在這裏生活，他們防備的只有巫師，不過巫師以前也不知道有這樣一處地方，現在巫師越來越少，進來的可能性就更低了。

第十二章　倒扣的勺子

「南森先生——南森先生——」塞西爾仰着脖子大喊着，手指着身後一間小木屋，「這就是我家，你看，我家門口這條路是大家清理出來的，是我們這裏唯一的一條路，我家前面和後面，你們看着可能沒什麼，但是都是石頭和斷枝，我們指精靈行走很不方便，還有一些被樹葉覆蓋的暗坑，一踩就掉下去。那天從這裏走的，只有戈登，我的鄰居們告訴我的，他從這一過，我的寶石就丟了。」

「喂，塞西爾，你怎麼還說是我拿走你的寶石的——」戈登憤怒地大喊起來。

「是不是拿了，南森先生會有判斷。」塞西爾害怕戈登打他，連忙躲到布魯納身後，不過嘴上可一點不輸。

「先不要吵。」南森說着環視了一下周圍的景象，又看了看身邊的幾個小助手，「要具體了解情況，我們現在的身體還是太大。」

南森說完，唸了一句魔法口訣，隨後身體開始變小，最後變得和指精靈的身高一致，小助手們也各唸魔法口訣，變成了指精靈的大小。

從人類的高度俯看，塞西爾家就像是間模型小屋，具體結構根本就看不清。但是變小之後，塞西爾家就豎立在大家面前，那可真是一間破屋子，兩側的窗戶都有洞，門是斜的，屋頂也有破洞，好像是間廢棄的木屋。

「南森先生，這就是我家，一個美麗的家，還曾有塊美麗的寶石。」塞西爾做了一個邀請的動作，「請進，請到裏面破案。」

南森推門進了塞西爾家，大家也跟着走了進去。

「媽媽——這裏真破，真窮——」小戈登一進去，看着屋子裏的破桌椅和破牀，喊了起來，屋裏還四面漏風。

「小戈登，不要這麼直白，主人會傷心的。」珍妮看了看塞西爾，「不過塞西爾家除外，隨便説，確實破。」

「找到寶石就把你家買下來——」塞西爾激動地揮了揮手。

「寶石在哪裏丟的？」南森問道，「這個房間裏嗎？」

「不是，沒有放在這裏。」戈登又做了一個邀請的動作，指着後門，「這邊走，寶石當時在院子裏放着，正準備切割。」

戈登説着推開後門，大家來到了他家的後院。後院也很破爛，不過居然有木圍欄把院子給攔了起來。

南森進來後，吸了吸鼻子，隨後快步走向院子邊的一個大木盆前，木盤裏有一些液體，黑乎乎的，味道略微有點刺鼻。

「這是……魔藥吧？」南森看了看塞西爾。

「沒錯。」塞西爾點點頭，「就是魔藥，浸泡寶石的魔藥，寶石在這裏泡十天，就能發兩年以上的光，我把寶石再切割成小塊，就能一塊一塊地當照明寶石出售了。那天我把寶石取出來，放在後院裏，我去找人找工具來幫忙切割寶石，回來寶石就不見了。我是找老傑克來幫忙的，不信你可以問他。」

「你是把寶石浸泡好以後再進行切割？」南森問。

「是呀，整塊的寶石吸收力強，所以先浸泡，再切割。」

「那麼浸泡好的寶石，一定是亮閃閃的了？」

「嗯，非常耀眼，放着光，雖然是白天，但是森林裏光線昏暗，所以寶石就顯得非常耀眼。」

「明白了。」南森説着在院子裏走着，看着四面的環境。

「啊，我當時覺得寶石太過耀眼，還找了一塊布蓋了一下，然後出門找人幫忙的。」塞西爾想起了什麼，「我大意了，我也覺得沒人會來我這個破房子，我就出門了。」

「嗯，我來看看……」南森又點了點頭，走到柵欄那裏，向院子後面張望着。

他們一進來，南森就一直用一枚縮小的亮光球照亮，此時，他用亮光球照射着院子後面，那邊全是落葉和樹枝，還有一些石塊，沒有異常。

「這麼破的地方，我能進來嗎？」戈登走近塞西爾，「看看，地上的鳥糞都不清除，你説老實話，我能到這裏來嗎？」

「也許……你看到了發光的寶石了呢？」塞西爾回答説，不過他的回答似乎也很是沒有底氣。

「隔着房子呢，這是後院，我不進到你家怎麼會來到後院，可是我為什麼要來你這個破家？」戈登提高了聲音。

「那、那誰知道……」塞西爾也提高了聲音。

「噓——」海倫連忙走過來，站在他倆中間，「博士在想問題，不能打攪他，塞西爾，還想不想找回你的寶石？」

「是他找我説話的。」塞西爾説着，不滿地看了一眼戈登，不過聲音壓低了很多。

南森已經轉過來，低着頭，看着地上，塞西爾家這個後院，的確很髒很亂。

「能幫我找回寶石嗎？我的脖子白受傷了……」塞西爾輕聲對海倫説，他一臉的焦急。

「好了，沒什麼問題了……」南森突然大聲説，「塞西爾，你的寶石沒跑遠，距離我們不到二十米。」

現場的人全都愣住了，大家都吃驚地看着南森。

「地上的鳥糞，應該就是這棵樹上的鳥排泄的。」南森指了指院子後面的一棵大樹，「通過亮光球照射，我們能大概看見，樹冠上，有一個鳥巢。」

大家一起抬頭，看着樹冠，果然，那裏有個黑乎乎的鳥巢。

「博士，你説小鳥把寶石叼走了？」本傑明問。

「沒錯，有些鳥類有收集亮閃閃的東西的習慣，比如說動物的漂亮羽毛、玻璃、鈕扣，還有寶石。當然，收集到寶石的可能性不大，收集亮東西的目的，是一些雄鳥吸引雌鳥的手段。」

「這個我聽說過。」海倫連忙說。

「無論如何，要上去看看，寶石應該就在上面的巢穴裏。」南森説着看看本傑明，「本傑明，我們一起用輕身術上去，注意，不要傷害到上面的小鳥。」

本傑明點點頭，南森伸手抓過亮光球，隨後和本傑明一起唸魔法口訣。兩人的身體立即懸浮起來，隨後開始直直地上浮，很快，他們就升到了鳥巢的位置。

南森把亮光球遞給本傑明，本傑明用亮光球照射着鳥巢。鳥巢裏有一隻藍色羽毛的鳥，正在巢穴裏睡覺，看到南森和本傑明的頭，立即站起來，隨即驚慌地飛走了。

鳥巢裏，很是雜亂，的確有幾根羽毛，是紅色的，一看就不是巢穴主人的羽毛，巢穴裏，居然還有一個亮晶晶的勺子，勺子是倒扣着的。

「我來找找。」南森説着，開始在巢穴裏翻找，巢穴是用厚樹枝搭建的，裏面還鋪着很多乾草，住在裏面似乎還比較舒服。

南森掀開羽毛，在鳥巢裏找了找，隨後拿起倒扣着的勺子，剛拿起勺子，多束亮光就散發出來，幾乎壓過了亮光球的光度。

「寶石——」本傑明興奮地叫起來。

南森把寶石拿在手裏，看了看，隨後對本傑明點點頭。兩人各唸魔法口訣，慢慢地降落到了地面。

「我的寶石，我的寶石——」塞西爾在南森還沒有落到地面時，就看到了他的寶石，他激動地跳着，南森一落地，他就上前拿過寶石，左看右看，滿臉狂喜。

「樹上的巢穴裏是一隻緞藍園丁鳥。」南森在一邊解釋說，「這種鳥正是喜愛收集亮物的一種鳥類，塞西爾把寶石蓋了一塊布就出門了，應該是風把布吹走，寶石在那裏放着光，正好被樹上的園丁鳥看見，飛下來叼走了，放在巢穴裏。巢穴下面是一層層的樹枝，遮擋住了寶石光，而寶石又被一個勺子壓住，所以光線射不出來，塞西爾就是抬頭看上面，也看不到寶石光線。」

「可是博士，據我所知緞藍園丁鳥的分布地在澳大利亞，怎麼會在倫敦出現？」海倫疑惑地問。

「典型的外來物種。」南森有些感歎地說，「因為外表美麗，這種鳥會被當成觀賞鳥，應該是被販賣到英國，有些鳥逃出籠子，飛到了森林裏，因此就在森林裏生活下來了。」

「我的寶石找到了，謝謝，博士，太謝謝啦……」塞西爾充滿感激地說，不過眼睛始終盯着自己的寶石。

「大哥，發財了，我以後也要跟着你吃好喝好了。」莫林也很高興。

「我也是。」布魯納跟着說。

「喂，喂，就不知道要道個歉嗎？」戈登在一邊，很是不滿意，「現在知道誰拿走你的寶石了吧？」

「啊——對不起啦——」塞西爾這才抬頭看看戈登，「大不了切割好，送你一塊啦。」

「還很大方，不過不用。」戈登仰着脖子，他也有些得意，「我的為人誰不知道，怎麼會拿你的東西。」

「這下好了，這下好了，發財了……」塞西爾還是拿着寶石，怎麼看也看不夠，他喃喃自語，「終於找到了，也不枉我從湯米那裏搶過來……」

「什麼？」大家都聽到這句話，一起叫起來，海倫瞪着他，「你說和湯米打架，就是搶人家寶石？」

「不是，不是。」塞西爾連忙擺着手，「其實是湯米出價高，我把他打跑了，這才買到這塊寶石，不信你們去問德普，他是賣主。」

「搞了半天，你是這樣買到寶石的。」海倫搖着頭，「塞西爾，我都不知道該怎麼說你了……」

「好啦，大不了把切割下來的寶石給他一塊啦。」塞西爾滿不在乎地說，「今後我要做一個好人，省得一天到晚被大家說。」

「能這樣做最好。」南森點着頭，「塞西爾，今後真的不能再遊手好閒，四處惹事了……」

「知道了，我知道了。」塞西爾連忙說。

「你們兩個。」南森轉過身子看看莫林和布魯納，「今後也一樣，不過你們要真心幫助這個大哥，先把他的房子修一修吧，四處漏風。」

塞西爾尷尬地笑了，莫林和布魯納則連連點着頭。

南森他們變回了自己的身體大小，保羅馱着戈登一家，回到了康拉德的房子。康拉德一家可以回來了，不過回來之前，南森他們還要把護板那裏處理好，以及耐心地

向康拉德一家解釋聽到威脅聲音的事。看上去，戈登一家可是一點搬走的意思也沒有，今後，這兩家人還要一起共處呢。

尾聲

半個月後，貝克街的偵探所裏，南森他們正在準備着，他們買了很多禮物，不過有些禮盒，是海倫特製的，非常小，這是送給戈登一家的，而那些大的禮盒，則是送給康拉德一家的。

事情最後的處理是這樣的，南森見過康拉德一家人，發現他們都是很好的人，非常和善，而戈登一家，也是如此，當然戈登説話有點直來直去，但這是他的性格。而兩家人今後仍要共處一室，所以，南森特別安排了兩家人見面，把事情原原本本都告訴康拉德一家，並且希望戈登一家在康拉德家也不要隱藏了，兩家人互相接納，共同生活。這個建議得到了兩家人的共同回應，兩家人都非常高興，這可是從未有過的體驗。當然，對於指精靈的事，康拉德一家對外還是要保密，也不會去宣揚自己家裏就住着指精靈。

「……本傑明，派恩，快走呀——」海倫站在門口，提着禮盒，對着房間大喊着，「康拉德先生打了兩次電話了，問我們出來沒有。」

「來了——來了——」本傑明和派恩一起跑出來，本傑明拿着一個手掌遊戲機，「我要送給小戈登一個遊戲機，他玩起來就像是面對着一面電視牆一樣，不知道他家能不能放進去……」

他們來到街邊，南森已經發動了汽車，保羅把頭從車窗裏伸出來，叫他們快點。大家都上了車，開了快一個小時的車，他們終於到了康拉德家。

「也不知道他們生活得怎麼樣了？」派恩一下車，就有點不放心地問。

「好像——」海倫仔細聽着，房子裏面，似乎有爭吵聲，「哇，好像在吵架——」

大家連忙跑過去，剛到門口，就聽到裏面的爭吵聲，海倫連忙推開了門。

「……可是她還是個小孩子呀，一次吃那麼多，對身體不好——」康拉德太太站在門口走道，抱怨地說。

「我就是喜歡吃——」艾米麗揮着手臂，很是激動，「戈登叔叔對我好，珍妮阿姨對我好，你們不好，只有他們肯讓我多吃冰淇淋——」

「小孩子吃點冰淇淋怎麼就不行了——」戈登站在

艾米麗身邊，此時他變大了身體，「我家小戈登就能吃很多——」

「噢，噢……」南森一臉疑惑，「這是怎麼了？」

「南森先生，你們來了。」康拉德從樓上走下來，他很是無奈，「今天你們不是要來嗎？我們早上就去超市買吃的，準備請你們吃飯，所以就請戈登和珍妮照顧艾

米麗。回來以後，整整一桶冰淇淋，全讓戈登給艾米麗吃了，她以前一周也吃不了這麼多呀，這是要吃壞肚子的。」

「那是你們不肯給我吃——」艾米麗大喊着，「我就是喜歡吃冰淇淋——」

「對，小孩子喜歡吃就給吃，而且你們看，現在也沒吃壞肚子呀。」戈登在一邊幫着説。

「戈登先生，小孩子一次吃太多冰淇淋，的確不太好。」南森很是耐心地轉向了戈登。

「哇——你也不讓我吃——」艾米麗不高興了。

「艾米麗，他們全都一樣。」戈登揮着手臂，「走，離家出走，到我家去，不理他們了，變——」

説着，戈登一指艾米麗，艾米麗頓時變小，隨即戈登也變小，戈登帶着艾米麗就走進了牆壁裏自己的家。

牆壁那裏，護板早就被拆除了，那裏專門開了一扇小門，走進去就是戈登的家。

「哎，又離家出走了。」康拉德無奈地看着南森，「這真是世界上最奇怪的離家出走，其實她從來沒有離開過家，戈登一家人確實不錯，可就是有點溺愛孩子。」

「康拉德先生，你的兒子呢？」海倫忽然問，「怎麼沒看見他？」

「在戈登家裏，每天都被小戈登變小，然後跑到戈登家裏，一玩就是一天，晚上還住在裏面。」康拉德太太指着戈登家，説道，「哎，説實在的，我都想住進去了，他們那裏可真是無憂無慮呀。」

南森他們聽到這話，全都笑了。

推理故事

麥克警長，蘇格蘭場（倫敦警察廳）高級督察，南森和警方的聯絡人，也是一名大偵探，屢破奇案。當然，他所偵辦的都是人類世界中的案件。一起來看看他偵辦過的案件，運用你的推理能力，想一想他是如何破案的呢？

調節開關

麥克警長到利物浦出差，他住在酒店裏，因為工作，所以穿的是便衣。這天，他從利物浦的警察局回去，到了酒店房間門口，他本想開門，發現門虛掩着，有一道縫。麥克警長連忙推開門。

一個人有些吃驚地看着麥克警長，不過隨即恢復了平靜，他穿着服務生的衣服，大概二十多歲。

「你好，我是酒店服務生，我正在打掃房間。」那人很有禮貌地說。

「不是早上十一點打掃嗎？」麥克問，「現在是下午三點。」

「不好意思，有位同事臨時有事，沒來上班，我是替他的，本來這都是他的工作。」那人連忙說。

「噢，是這樣。」麥克點點頭，他忽然想起了什麼，「啊，請幫我看看牀頭的燈，我不會調節，不是太亮就是太暗。」

「啊……這個……」那人連忙走過去，在牀邊四處看着，「請稍等。」

那人找了一會，終於找到了牀頭燈的開關，隨後打開開關，調節亮度。

「先生，是這樣……這樣……」那人旋轉着按鈕，「很簡單的……」

「噢，是這樣呀。」麥克也走過去，仿效着調節開關，「非常感謝……啊，請幫我通知你們的領班，就是那個叫德里克的，今晚不用送晚餐到我的房間了，我出去吃。」

「好的，我一定通知德里克領班。請放心。」那人依舊很有禮貌地說。

「你不是這裏的服務生，你是來偷東西的。」麥克突然說道，「這裏根本就沒有一個叫德里克的領班，名字是我亂編的……」

「啊？」那人驚叫起來，「我、我……」

「我是警察。」麥克盯着那人，「我是先看出你的破綻後，隨便編了個名字考驗你的……」

那人無奈地低頭承認，自己根本就不是什麼服務生，他就是來酒店偷東西的。

請問，麥克警長先看出了小偷的什麼破綻？

答案：如果真是酒店服務生，麥克說不會調節開關後，他會立即走到開關那裏，進行調節。這個小偷根本就不熟悉酒店設備，所以找了一會才找到開關。

魔幻偵探所 44

奇怪的聲音

作　　者：關景峰
繪　　圖：陳焯嘉
責任編輯：葉楚溶
美術設計：李成宇
出　　版：新雅文化事業有限公司
香港英皇道499號北角工業大廈18樓
電話：（852）2138 7998
傳真：（852）2597 4003
網址：http://www.sunya.com.hk
電郵：marketing@sunya.com.hk
發　　行：香港聯合書刊物流有限公司
香港新界大埔汀麗路36號中華商務印刷大廈3字樓
電話：（852）2150 2100
傳真：（852）2407 3062
電郵：info@suplogistics.com.hk
印　　刷：中華商務彩色印刷有限公司
香港新界大埔汀麗路36號
版　　次：二〇二〇年七月初版

ISBN : 978-962-08-7560-1

18/F, North Point Industrial Building, 499 King's Road, Hong Kong
Published in Hong Kong
Printed in China